徳 間 文 庫

隠密鑑定秘録㈡

退《の》き口《ぐち》

上 田 秀 人

徳 間 書 店

目次

第一章　将軍の死　7
第二章　本丸の主　65
第三章　政争の勝者　126
第四章　退き口の守人　188
第五章　戦いの始まり　249
あとがき　309

土芥寇讎記《どかいこうしゅうき》

江戸時代中期の全国諸大名を網羅した人名辞典。編著者不明。全四十三巻。首巻に総目録、巻第一に将軍家の家伝、巻第二より巻第四十二までは元禄三年現在の大名二百四十三名につき、家系・略歴・居城・人柄・編者の批評などが記されている。（参考文献『国史大辞典』）

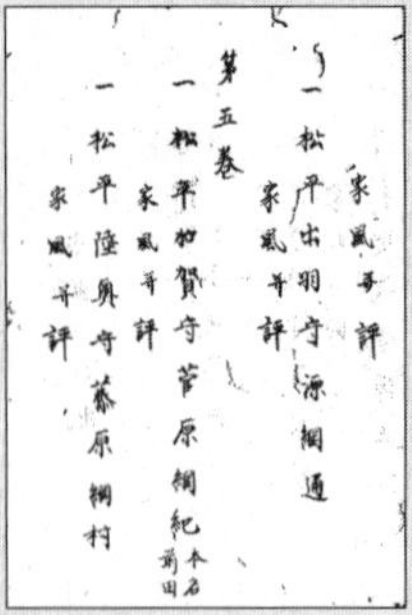
家風并評
一 松平出羽守源綱近
家風并評
第五巻
一 松平加賀守菅原綱紀 本名前田
家風并評
一 松平陸奥守藤原綱村
家風并評

土芥寇讎記巻第一目録
新代 田大炊助義重家傳
二代 川四郎義季家傳
三代 良田彌四郎頼氏家傳
四世 良田次郎教氏家傳
五世 良田又次郎家持家傳
六世 良田彌次郎満義家傳

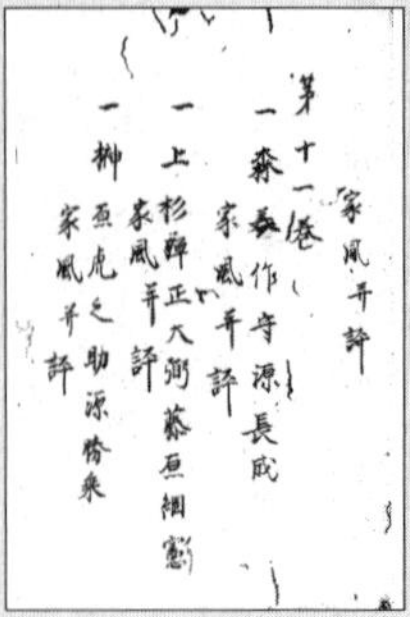
家風并評
第十一巻
一 森[illegible]作守源長成
家風并評
一 上杉弾正大弼藤原綱憲
家風并評
一 柳直虎之助源[illegible]乗
家風并評

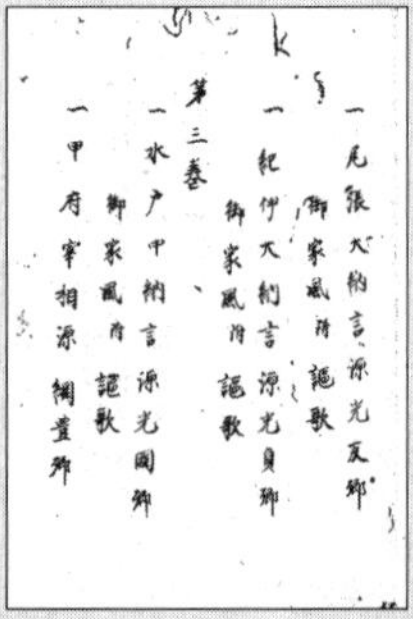
一 尾張大納言源光友卿
御家風并謡歌
一 紀伊大納言源光貞卿
御家風并謡歌
第三巻
一 水戸中納言源光圀卿
御家風并謡歌
一 甲府宰相源綱豊卿

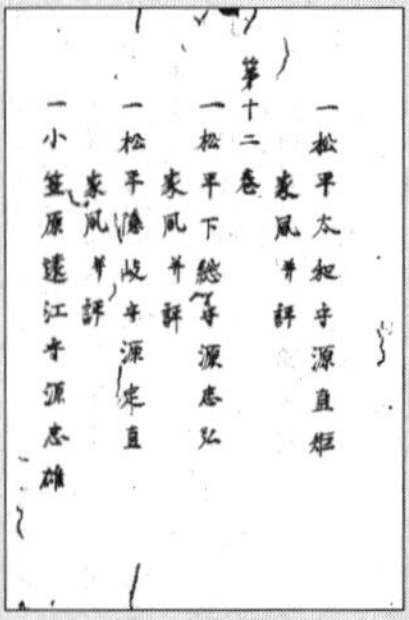
一 松平大和守源直矩
家風并評
第十二巻
一 松平下総守源忠弘
家風并評
一 松平讃岐守源定直
家風并評
一 小笠原遠江守源忠雄

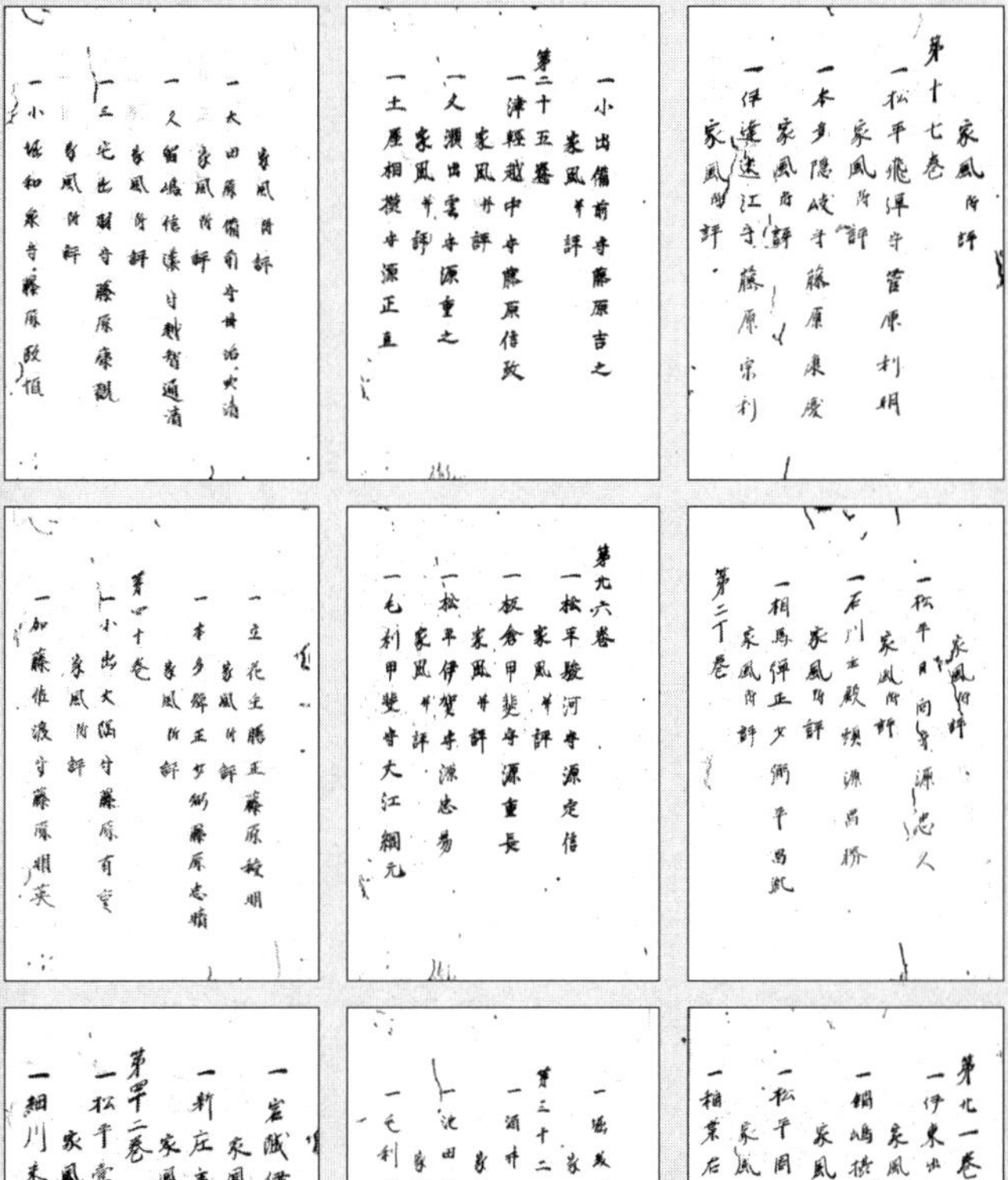

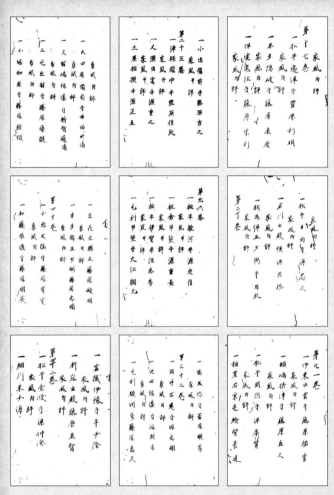

「土芥寇讎記」首巻より抜粋（東京大学史料編纂所所蔵）

第一章　将軍の死

一

小人目付《こびとめつけ》射貫大伍《いぬきだいご》は、浪人に身を扮《ふん》して江戸の城下を巡回していた。

「………」

くたびれたように遅い足取り、人生に夢がないことを体現するように背を丸めていながらも、大伍の目は鋭く人々の様子を確認していく。

「なにごともなしか」

口のなかで呟《つぶや》いて、大伍は歩みを心もち早めた。

「おい、そこの浪人」

「拙者のことか」

不意に呼び止められた大伍が足を止めて、声の相手を確認した。

「そうよ。おめえのことよ」

羽織を身につけながら、尻端折《しりばしょ》りをするという変わった姿の町人がうなずいた。

「こういうもんだ」

近づいてきた男が、懐《ふところ》から十手《じって》を出した。

「親分さんか」

大伍が小さくため息を吐《つ》いた。

「ちょっと話を聞かせてもらうぜ」

御用聞きが十手で辻の端まで来いと指図した。

「……ここらでいいか」

他人目《ひとめ》に付くか付かないかといった中途半端なところで、御用聞きが振り向いた。

「おめえ、浪人だな」

御用聞きが念を押した。

「ああ。親譲りの浪人だ」

大伍が首肯した。

「どこの出だ」

「江戸だが」

大伍が答えた。

「違う、おめえの生まれじゃなくて、どこの大名に仕《つか》えていたかを訊《き》いている」

「父がか」

「そうだ」

確かめた大伍に御用聞きが首を縦に振った。

「はっきりしたことは父から聞いておらぬが、信濃《しなの》らしい」

浪人するというのは、不名誉であった。主君を持たない浪人は武士ではなく、町人と同様に扱われる。両刀を差しても咎《とが》められないのは、新たな仕官先を探している最中ということで許されているだけであり、一種武士の情けであった。

もちろん、なにかしでかせば、町奉行所に追捕《ついぶ》されて小伝馬町《こでんまちょう》の牢屋送りになった。

「それ以上は」

「わからん」

掘り下げようとした御用聞きに、大伍は首を横に振った。

「住まいはどこだ」

「深川材木町《ふかがわざいもくちょう》の津田屋《つだや》が持ち長屋じゃ」

「津田屋……酒問屋のか」

「いや、粉問屋《こなどんや》だ」

大伍がまちがっていると訂正した。

御用聞きが思い出したように言った。

「そうだったな」

「………」

浪人が真実を述べているか、嘘を吐いているかを見極めるために、わざとまちがえてみるといったまねを御用聞きは執《と》ることがあった。大伍は肚《はら》のなかで、古い手を遣うと御用聞きを嘲笑していた。

「刀を見せてくれ」

「それは勘弁してもらおう。父の、いや先祖の形見だからな」

手を出した御用聞きに大伍が拒んだ。

「……血糊《ちのり》が付いているからじゃねえのか」

御用聞きが目をすがめた。

浪人は無収入がほとんどである。なかには剣術道場の手伝いや手習いの師匠、用心棒などで生活の糧《かて》を稼いでいる者もいるが、多くはその日一日人足《にんそく》代わりに働いて生きている。

日雇いだと、少し雨が続いたり、仕事にあぶれただけで干上がる。

そして干上がった浪人は手っ取り早く金を稼ぐために、腰の刀を使って斬り取り強盗をするのだ。

「もういいな」

御用聞きの疑いを大伍は無視した。

「待て。疚《やま》しいことがあるんだろう」

離れようとした大伍を御用聞きが制した。

「今晩の糧にありつかねば、明日飢えるでの」

大伍が御用聞きを見ながら続けた。

「そうなったら、刀を使うことになるかも知れん」

「……うっ」

大伍の言い分に御用聞きが詰まった。

「ではの」

相手が退《ひ》いた呼吸を利用して、すっと大伍が離れた。

「親分どの」

「……なんだ」

少し離れた大伍から呼ばれた御用聞きが応じた。

「ご覧あれ」

すっと大伍が太刀を抜いた。

「なにをっ……」

白刃《はくじん》のきらめきに御用聞きが顔色を変えた。

「血ぐもりはござらぬ」

周りが騒ぐ前に、大伍が太刀を鞘《さや》へ納めた。

「…………」

「では、ごめん」

呆然《ぼうぜん》としている御用聞きを放置して、大伍が背を向けた。

天明六年（一七八六）九月八日。十代将軍徳川家治《とくがわいえはる》の逝去《せいきょ》が発表された。実際はその十日ほど前の八月二十五日に脚気《かっけ》衝心で死去していたが、幕閣の支配を巡って大老格田沼主殿頭意次《たぬまとのものかみおきつぐ》と老中首座松平越中守定信《まつだいらえっちゅうのかみさだのぶ》の戦いがあり、その決着が付くまで喪《も》は伏せられていた。

結果は専横《せんおう》を極めていた田沼意次を幕閣から排したいと考えていた徳川一門、譜代らの勢力が勝ち、田沼意次は役職を解かれたうえ、封禄を二万石削られて謹慎となった。

松平定信が勝利、幕閣を手中に収めたことで、ようやく幕府は家治の死を世間に向けて発表した。

もちろん、将軍が死んだことは、どれだけ隠そうとも漏れる。将軍の身の回りの世話をしていた小姓《こしょう》や小納戸《こなんど》の態度が変わるからだ。

将軍の側《そば》近くに仕える小姓や小納戸は、終生役目上で知り得たことを他言しないという誓紙《せいし》を出している。

「上様《うえ》がお亡くなりになられた」

当然、家族に訊かれようが、老中に問われようが話すことはない。

だが、その雰囲気の変化までは隠せない。長く病《やまい》に伏していたとはいえ、家治が存命している間は、小姓たちの目には張りがある。それが亡くなった瞬間に消えてしまう。

なにより毎日のように集まって、家治の治療について相談していた奥医師が呆然自失しているのだ。

「お隠れに……」

将軍の居室であるお休息の間近くに詰め所のある役目の者は気づく。

他に毎日家治のもとへ伺候《しこう》していた田沼意次が、老中の控え室である上の御用部屋にも顔を出さなくなる。

これで幕府全体に、家治が亡くなったとわかってしまった。

とはいえ、表向いての発表があるまでは、生きている体《てい》にしなければならないのが決まりである。

大名は月次《つきなみ》登城をするし、役人たちも毎日の仕事を続ける。

そんななか、密《ひそ》かにとはいえ、唯一動くのが目付であった。

「上様がお亡くなりになられたとあれば、警戒を密にせねばならぬ」

「慶安の二の舞は許されぬ」

三代将軍家光《いえみつ》が死に、四代将軍家綱《いえつな》が将軍となるまでのわずかな間に、由井正雪《ゆいしょうせつ》を首魁《しゅかい》とする浪人による謀反《むほん》が発覚した。

「大名どもから目を離すな」

「御三家を見張れ」

由井正雪の後ろには紀州徳川家初代徳川頼宣《よりのぶ》がいたとされている。他にも二代将軍秀忠《ひでただ》が死んだとき、尾張徳川家初代義直《よしなお》が無断で兵を率いて江戸へ出ようとしたこともある。

将軍という天下第一の権力者の死は、有象無象《うぞうむぞう》を呼び寄せる。

とはいえ、そのほとんどは害をなすことなく、天下への望みをあきらめて退いていくが、なかには最後の機ととらえて賭けに出る者もいる。

それを目付は防がなければならないのだ。

かといって、目付は十人しかいない。その十人で城中の静謐《せいひつ》を保ち、礼儀礼法を監察し、大名旗本の非違《ひい》を見定める。

とても城下の様子まで手は回らなかった。

「徒目付《かち》に」

通常、目付は下僚である徒目付に命じるが、徒目付には江戸城諸門の警衛《けいえい》、城中巡回など、こういった非常のときこそ重要になる役目があり、手薄にはできない。

「小人目付ならば大丈夫であろう。身分も軽々であり、城中へ出ることもほとんどない」

目付の下僚の一つで、徒目付よりも身分が軽いのが小人目付である。小人目付は、徒などの幕臣でも身分の低い者を監査したり、目付が城を出るときの供などをする役目が与えられているが、非常だからといって忙しくなるわけではなかった。

また、小人目付は目付直属の隠密《おんみつ》でもあり、身形《みなり》を変えての任も得意としている。

「小人目付どもに、城下を見回らせよ」

こうして目付からの下知《げち》を受けて、小人目付たちは江戸城下に散った。

その一人が大伍であった。

「……町奉行所もやる」

御用聞きとの遣《や》り取りを思い出して、大伍が感心した。

江戸町奉行は三千石高、旗本としてかなり優秀でなければ務まらない役目である。その証拠として南北両町奉行の経歴を追うと、そのほとんどが目付を経験していた。

「しくじったか」

町奉行所を褒めた後、大伍は苦い顔をした。

「太刀を抜かずともよかったわ」

つい興が乗って、太刀を鞘走らせたが、それこそ無用であった。

昨今、武士は太刀を抜くことがなくなっている。戦《いくさ》がなければ、太刀なんぞ武士という身分を見せつけるためのものでしかなく、それをうまく操ってみせる意味はない。ましてや、明日喰うための人足仕事で疲れ果て、とても剣術の修行などできない浪人が、抜刀術を心得ているなどありえなかった。

「警戒させたかの」

大伍が苦笑した。

「まあよい。いざとなれば身分を明かせばすむ」

小人目付は町奉行から見れば、馬以下の軽輩でしかないが、それでも御上お役人である。

「御用中である」

こう言えば、町奉行もそれ以上咎め立てることはできなかった。

なにせ、無力な小人目付の上役は、町奉行をも監察できる目付なのだ。

「目付の命じた任を、たかが御用聞きなどという役人でもない者に邪魔させるなど、どういう料簡《りょうけん》であるか」

町奉行が目付に叱られることになる。

当然といえば当然であった。御用聞きは、町奉行所の役人である与力《よりき》、同心《どうしん》にとっては便利な配下であるが、個々が雇った小者《こもの》でしかない。それどころか、御用聞きの一部は町奉行所の権威を利用して、町屋に金をせびったり手入れされることがないのをよいことに博打場を経営したりしている。

「御用聞きを禁じる」

かつて八代将軍吉宗《よしむね》が、御用聞きを使う利よりも悪が多いとして禁じた。その禁令は、九代将軍家重《いえしげ》、十代将軍家治と、二代重ねた今でも廃止されておらず、有効であった。

「そちらも御用なれば、こちらも御用」

そう町奉行所は言い返せない。

「今のところ、浪人どもに不穏な動きは見られないが……」

大伍は目付から、由井正雪の乱のまねをしようとしている不逞《ふてい》浪人たちがいないかを探るように命じられている。

場合によっては、その仲間として内情を探ることもあり得るため、目立たぬよう浪人の姿で城下をうろついている。

「浪人たちに幕府転覆を狙うだけの気力はもうない。浪人にとって次の天下人がどなたであろうともかかわりはない。それよりも明日仕事にありつけるかどうかの方が大事」

もう武力で天下が変わる時代ではなく、血筋こそが天下を決める。浪人もそれはわかっている。

「さて、もう少し見て回るか」

だからといって、手を抜くわけには行かなかった。万一、目付に怠《なま》けていたと知られれば、解任されるだけではすまなかった。

肩を落として、大伍は疲れたような足取りで歩き出した。

二

家治の世子《せいし》として西の丸にいた家斉《いえなり》は将軍逝去の公表をもって、即日本丸へと移った。

「お世子さま、お旅発《だ》ちでございまする」

西の丸留守居《るすい》役が、家斉を玄関まで見送った。

「うむ。ご苦労であった」

家斉が西の丸玄関に用意されていた駕籠《かご》に乗りこみながら、西の丸留守居をねぎらった。

ようやく十五歳になったばかりの家斉に、世継ぎはまだない。家斉が本丸に移動することで、西の丸は留守館となり、西の丸留守居の支配になる。

将軍が上洛《じょうらく》、日光《にっこう》参拝などで江戸城を離れている間、その留守を預かり、非常に備えるのが留守居であり、本丸留守居は旗本の頂点と言えた。本丸留守居は役高五千石で城主格を与えられ、十万石の大名に比する扱いを受けた。

世子あるいは隠居して大御所《おおごしょ》となった先代将軍が住む西の丸も本丸同様、主《あるじ》がいない間は西の丸留守居の管理を受ける。

ただ、西の丸留守居は本丸留守居より格下になった。西の丸留守居は役高二千石、諸大夫《しょだいぶ》格でしかなく、大目付や町奉行、勘定奉行などを経験した旗本の左遷先の一つとされている。

本丸留守居と西の丸留守居、この歴然たる差は、同時に将軍と世子との格の違いでもあった。

「おおおおたあああちいい」

供頭《ともがしら》が独特の声をあげ、家斉の駕籠《かご》が持ちあげられた。

江戸城は総敷地三十万坪をこえる。

そのうち、本丸が九万坪余、西の丸が六万八千坪余、二の丸が三万四千坪と少し、三の丸が二万二千坪ほどとなっている。そして、そのすべてが独立している。これは城を巡る戦があったときのための防備の一つである。万一、どこか一つが落とされても、他への影響ができるだけ及ばないようにと考えられてのものであった。

なかでも西の丸は、本丸とはかなり離れている。

「公方《くぼう》さまにお目にかかって……」

などと簡単に行き来できるものではなく、家斉が家治のもとへいくには、一度西の丸を出て、坂下御門《さかしたごもん》から本丸に入るという手間がかかった。

だが、今日はさらに格別であった。

西の丸を出た行列は西の丸大手門《おおてもん》を潜《くぐ》って、そのまま内堀《うちぼり》沿いに進み、本丸大手門前へと向かう。

「整え」

本丸大手門に着いたところで、供頭が行列を整列させる。

選ばれた供に駕籠を担ぐ陸尺《ろくしゃく》である。わずかな距離で隊列を乱すことなどないが、こうすることで大手門を警衛している大番組士《おおばんくみし》や甲賀《こうが》与力などに、出迎える用意をさせるのである。

「しゅったああつ」

家斉を乗せた行列が、ふたたび動き出した。

「お戻りいい」

大手門を警衛する大番組の組頭《くみがしら》が声をあげ、

「………」

大番組士、甲賀与力たちが、大手門の前後へ拡《ひろ》がるように平伏した。

「大儀である」

家斉が駕籠の扉を開けて声をかけた。

その後も下馬《げば》札《ふだ》、下乗《げじょう》札《ふだ》などを無視して行列は進み、本丸大手玄関に到達した。

「ご帰還」

本丸大手玄関式台には、御側御用取次《おそばごようとりつぎ》小笠原若狭守信善《おがさわらわかさのかみのぶよし》が平伏して出迎えた。

「三次郎《さんじろう》、大儀」

駕籠から出た家斉が、小笠原若狭守に笑いかけた。

「ははっ」

感無量といった表情で、小笠原若狭守が家斉を見上げた。

小笠原若狭守は、八代将軍吉宗に見いだされて小納戸として出仕、家重のもとで御側御用取次まで出世した。その後、家重の隠居にともない二の丸へ移動したりしたが、家治の代でふたたび本丸へと戻り、家斉が世子として西の丸に入るとその御側御用取次肝煎《きもいり》となった。すでに七十歳近いが身体は壮健であり、今回も家斉の本丸引っ越しに伴って、西の丸御側御用取次から本丸御側御用取次と異動していた。

「お先触《さきぶれ》をいたしまする」

「任せる」

小笠原若狭守の言葉に家斉がうなずいた。

「書院番《しょいんばん》ども」

「はっ」

本丸御殿の玄関は書院番の管轄になる。

当番の書院番が、小笠原若狭守の指図に応じて、家斉を囲むようにした。

「上様のお通りである」

小笠原若狭守の先触に応じて、書院番に守られた家斉が将軍御座《ござ》のあるお休息の間へと向かった。

「…………」

途中の廊下には、役人、大名が手を突いている。その中央を家斉は進む。

「新番《しんばん》の者、書院番と交代をいたせ」

あと少しでお休息の間というところで、書院番が離れ、代わって新番が警固《けいご》に就《つ》く。

「………」

こうした仰々しい慣例を終えて、ようやく家斉は将軍お休息の間に腰を落ち着けた。

「ことほぎを申しあげるところではございまするが、いまだ先代さまを荼毘《だび》にふさしていただいておりませぬ」

家斉の本丸異動はめでたいことであったが、未だ先代将軍家治の葬儀はおこなわれていなかった。

「ただ、これよりご呼称が変わりまする」

すっと小笠原若狭守が背筋を伸ばした。

「これより世子さまを上様と申しあげる」

はっきりと小笠原若狭守が告《つ》げた。

「……ははっ」

小笠原若狭守がそう発言するなり、お休息の間にいた小姓組頭を始めとする近侍《きんじ》たちが、声を揃えて畏《かしこ》まった。

「若狭守」

「なんでございましょう」

家斉に呼ばれた小笠原若狭守が両手を突いて背筋を伸ばし、見上げるようにする姿勢を取った。

「案内をいたせ」

「はっ」

小笠原若狭守が頭《こうべ》を垂《た》れた。

世子であったときは、将軍家お休息の間までしか足を踏み入れられなかった。

家斉は、その奥に繋《つな》がる将軍の生活にかかわる場所を知りたがった。

「では、ご無礼ながら、先導を務めさせていただきまする」

「頼んだ」

家斉が腰をあげた。


将軍というのはあまり動かないものであった。

八代将軍吉宗のように鷹狩りを好んだり、五代将軍綱吉《つなよし》のように家臣の屋敷へ御成《おなり》を繰り返すなどまずなく、そのほとんどは居室であるお休息の間と大奥を行き来するだけであった。

「こちらが中庭でございまする」

お休息の間上段脇の襖《ふすま》を開けると、こぢんまりとした庭に出る。小さいとはいえ、将軍の居室に付随するだけあって築山《つきやま》と泉水《せんすい》を持つ立派なものであった。

「続けて、この廊下をお渡りいただくと楓《かえで》の溜まりとなり、左が鷹の間、右が楓の間、どちらも上様がお休息を取られるときにお使いいただけまする。また、楓の間を通り抜けていただきまするとお茶室がございまする。双飛亭《そうひてい》と申しまする」

溜まりとは廊下の突き当たりに設けられた板の間である。ちょっとした辻のような役割を果たしている。

「そして……」

そこで一度小笠原若狭守が言葉を止めた。

「こちらを」

小笠原若狭守が溜まりの左手壁に作られている板戸を示した。

「扉じゃの。部屋でもあるのか」

家斉が問うた。

「どうぞ」

小笠原若狭守が板戸を引いた。

「狭いの」

なかに入った家斉が、思わず口にした。

「四畳半しかございませぬ」

小笠原若狭守が板戸際に膝を突いて述べた。

「それは狭い」

将軍が使う厠《かわや》でも二間続きあるのだ。家斉がしみじみと言ったのも無理はなかった。

「ここはなんのための部屋じゃ」

一通り部屋を見回した家斉が訊いた。

「御用の間と呼ばれておりまする」

「……御用の間。ずいぶんと立派な名前じゃの」

小笠原若狭守の答えに、家斉が驚いた。

「ここはその名前の通り、上様がご政務を執られるためのものでございまする」

「政務をここでか」

家斉があきれた。

「政務ならば、このような小部屋ではなく、休息の間でも御座の間でもよかろう」

「御座の間は縁起が悪うございまする」

「縁起……」

家斉が首をかしげた。

「五代将軍綱吉さまの御世《みよ》、御座の間近くで若年寄《わかどしより》稲葉石見守《いなばいわみのかみ》が、大老の堀田筑前守《ほったちくぜんのかみ》を刺殺するという惨事が起きまして」

「なるほど」

かつて敵を殺し、その首を獲《と》ることで天下を我が物とした徳川家も、今では公家《くげ》と同じように血を嫌うようになっていた。

「お休息の間は、上様に目通りを願う者との対面所としてお使いいただく場所でございますれば」

「人が来るから、落ち着いて政務ができぬか」

「はい」

家斉の考えを小笠原若狭守が認めた。

「御用の間が要《い》ることはわかったが……」

あらためて御用の間を見回して、家斉が嘆息した。

「密談にはちょうどよろしいかと」

小笠原若狭守が囁《ささや》くように言った。

「代々の上様は、こちらで政務を執られると同時に、腹心と密談をなさいました」

「ふむ。密談の」

家斉が納得した。

「他人払《ひとばら》いを命じる手間がないか」

もちろんお休息の間でも密談はできる。ただ、それには小姓や小納戸、御側御用取次、側用人《そばようにん》などを追い出さねばならなかった。

「面倒がないの」

家斉がうなずいた。

なにせ四畳半しかないのだ。家斉を含めて三人も入れば手狭に感じる。

「そのときは、そこの溜まりに警固の小姓を置いていただけば、御身の安全もご懸念なくすむかと」

長く御側御用取次をしてきた小笠原若狭守だけのことはある。まだ若い家斉にもよくわかるように説明している。

「なるほどの」

家斉がうなずいた。

「……あれは」

ふと家斉が御用の間の隅に置かれている棚に気づいた。

「あれはなんじゃ」

「歴代将軍家がご愛読なされた書やお認《したた》めになられた日記などが置かれている棚だと伺《うかが》っておりまする」

「伺っている……」

初めて小笠原若狭守が伝聞を口にしたことに家斉が怪訝《けげん》そうな顔をした。

「あの棚だけは、将軍家以外の者が触れてはならぬと代々言い伝えられておりまして」

小笠原若狭守が首を左右に振った。

「将軍以外触れてはならぬ……か。はたしてなにがあるのだろう」

興味を持った家斉が、棚に近づいた。

「わたくしは外でお待ちをいたしております る」

静かに小笠原若狭守が御用の間を出て、板戸を閉めた。

知っていいものと悪いもの、いや、危ないものには近づかない。小笠原若狭守が、吉宗以降四代、将軍側近としてやっていけたのも、この嗅覚の鋭さと保身術にあった。

「明るいの」

一人になった家斉が、御用の間に設けられている障子窓から入る日の光に目を大きくした。

「これならば、灯《あか》りなしで読めるわ」

家斉が棚に置かれている書籍に手を伸ばした。

「八代さまの覚え書きか……足高《あしだか》についてのお考えをまとめたもののようじゃの」

政務に興味のない家斉は、中身を確認しただけで読まずにもとへ戻した。

「なんじゃ、この巻紙は……鴨の絵が描かれている。いえ、いえしげと読めるの。九代さまか。そういえば鳥の絵を得手となされると聞いたような」

家斉は棚にあるものを手当たり次第に見ていった。

「ずいぶんと分厚い……違う。数冊の本を一つにまとめてあるのか」

最後に棚の最下段に置かれていた書籍に家斉は手を伸ばした。

「……これはっ」

今までと同じように内容を確認しようとした家斉が、その内容に驚愕した。

「………」

家斉は夢中で書籍に目を走らせた。

「ふうう」

半刻《とき》（約一時間）以上経《た》って、ようやく家斉が書籍から顔をあげた。

「これだ。これだ」

家斉が書籍を手に歓声をあげた。

三

九月八日に逝去が公表された家治の葬儀はなかなか進まなかった。

墓地を寛永寺《かんえいじ》にするか、増上寺《ぞうじょうじ》にするかでもめたからであった。

徳川家には菩提寺《ぼだいじ》が三つあった。

一つは徳川家発祥の地三河《みかわ》にある大樹寺《だいじゅじ》で、遺骨が預けられることはないが等身大の位牌を作り、供養される。

問題は残り二つ、増上寺と寛永寺であった。

増上寺は将軍の葬地として家康《いえやす》によって、江戸へ誘致されていた。つまり当初は増上寺だけが江戸での菩提寺であった。

そこに寛永寺が建立《こんりゅう》された。三代将軍家光の師僧として幕府にも大きな影響を及ぼした天海大僧正《てんかいだいそうじょう》が、江戸に比叡山延暦寺《ひえいざんえんりゃくじ》と比肩《ひけん》する大伽藍《だいがらん》を造りたいと願ったのが始まりであった。

当初、寛永寺は徳川家の祈願寺であった。ようは、葬儀、法要にかかわりのない寺であった。しかし、それでは寺としてやっていけない。

寺は葬儀というより、預かった死者の法要で布施《ふせ》や寄進をもらい、それで僧侶の生活をし、本堂や僧坊を維持する。

「当寺にも将軍家の御霊《みたま》をお預けいただきたく」

寛永寺が願い出たことで、四代将軍家綱が墓地とした。

続けて五代将軍綱吉、八代将軍吉宗が寛永寺に葬られたことで、祈願寺から菩提寺へと扱いが変わった。

当然、増上寺は黙っていなかった。

将軍一人の墓地が取られるだけで、年間千両近い収入を逃すことになる。

「増上寺こそ、徳川家の菩提寺でございまする」

家康によって江戸へ招かれたという自負が増上寺にはある。そして、幕府は家康という言葉に弱い。

今のところ増上寺には二代将軍秀忠、六代将軍家宣《いえのぶ》、七代将軍家継《いえつぐ》、九代将軍家重が葬られている。

寛永寺より一人多い。ここで家治の葬儀を担当すれば、寛永寺との差を大きく引き離すことができる。だが、家治の墓地を寛永寺に奪われると、預かっている将軍家御霊の数で並ぶことになる。

「是非とも十代さまのご葬地は当寺に」

増上寺も幕閣へ働きかける。

どちらも大きな影響力を持っているだけに、容易に判断は付けられない。田沼意次を追い落とす策を練った松平定信でさえ、決断を避けている。

どちらに葬るかが決まらないと、廟堂《びょうどう》の建築は始められない。

結果、まだ家治の遺体は江戸城中にあった。

「京へ遣いを出せ」

だが、天下はいつまでも将軍なしというわけにはいかなかった。

本丸へ移った家斉は、着々と将軍宣下《せんげ》の準備を進めていった。

といったところで、家斉がなにかするわけではなかった。将軍宣下を受けるために上洛するわけでもなく、ただ朝廷から勅使が来るのを待つだけで直接動くことはない。

「暇である」

家斉はすぐに将軍としての生活に飽きた。

「上様」

小笠原若狭守が小さくたしなめた。

「なにをしろというのだ」

家斉が小笠原若狭守へ問うた。

「政《まつりごと》についてお学びくださいませ」

「学んでどうする」

小笠原若狭守の諫言《かんげん》に家斉が反発した。

「天下の政は将軍家の……」

「越中守が躬《み》に政をさせるか」

言いかけた小笠原若狭守を家斉が制した。

「………」

家斉の反論に小笠原若狭守が黙った。

「付いて参れ。他の者は遠慮せい」

腰をあげた家斉が、小笠原若狭守を供に御用の間へと場所を移した。

「そなたにこの部屋へ入ることを許す」

家斉が小笠原若狭守に御用の間への出入りを認めた。

「畏《おそ》れ多いことでございまする」

御用の間の出入りの許可をもらう。これは家斉の腹心であるという証明でもあった。

「さて、続けようか」

議論の再開を家斉が告げた。

「あやつが躬を将軍として認めたのは、子供だからよ。子供には政などわかるまい、すべて任せると丸投げしてくると思っているからぞ」

家斉がいきなり核心を口にした。

「そのようなことは……」

小笠原若狭守の反論には力がなかった。

「もし、躬が越中守の持ってきた案件、すべてに目を通し、その不備を指摘して突き返せばどうなる」

「それは……」

小笠原若狭守が苦渋に満ちた顔をした。

「いつまで我慢するかの」

家斉が口の端を吊りあげた。

「三カ月か、半年か、一年か。躬が大樹の地位を降りたとき、誰が代わるのであろうな」

「…………」

これに返事をすることはまずい。認めれば家斉の御世が短いと言っているも同然になり、否定すれば松平定信の干渉がないと御側御用取次が保証するに近くなる。

老練な小笠原若狭守が黙った。

「それどころか……」

家斉が表情を消して、続けた。

「躬は大御所になれるのだろうかの」

「上様っ」

さすがに制止の声を小笠原若狭守があげた。

「冗談じゃ、冗談」

家斉が手を振ってみせた。

大御所とは将軍が隠居してからの呼称である。今まで家康、秀忠、吉宗、家重の四人がそう呼ばれた。

つまり家斉は松平定信を敵に回せば、将軍として死ぬこと、つまり殺されることになると言ったのだ。

「冗談でも、お口になさってよいことではございませせぬ」

小笠原若狭守が真剣な顔つきで、家斉を叱った。

「悪かったの」

家斉が素直に詫《わ》びた。

「……若狭守」

ふたたび家斉の声が重くなった。

「躬に味方はおるか」

「…………」

「幕臣はすべて躬に従うなどと言うてくれるなよ」

「上様……」

小笠原若狭守が泣きそうな顔をした。

「躬は傍系じゃ」

家斉は御三卿《ごさんきょう》の一つ一橋《ひとつばし》家から出ている。

「まあ、直系はとうに絶えておるがの」

徳川家康、秀忠、家光、家綱と四代続いた徳川本家は、ここで絶えた。もっとも五代将軍となった綱吉も家光の息子であったため、直系と言いはれば言えるが、さすがに家宣以降は厳しい。ましてや八代将軍吉宗は、御三家の一つ紀州徳川家の出であった。

「それでも皆は躬を傍系として見下しておる。若狭守のように躬に忠誠を捧げてくれる者もいないではないが、小姓を始めとする者どもは躬ではなく、将軍という地位に忠誠を誓っておる」

「……はい」

ごまかす意味はないと小笠原若狭守が、わずかな逡《しゅん》巡《じゅん》の後に認めた。

「それでよいのか、幕府は」

「よろしくはございませぬ」

小笠原若狭守がうつむいた。

「では、どうすればよい」

家斉が尋ねた。

「人を登用いたしてはいかがでございましょうか」

「……人を登用か」

小笠原若狭守の出した意見を家斉が考えた。

「無役の者、活躍の場所を与えられていない者をお引き上げになられれば、その者は上様へ深く感謝をし、きっと忠誠を捧げましょう」

「ふむ」

家斉がもう一度思案に入った。

「…………」

無言で家斉が御用の間の片隅にある棚から、書物を手にした。

「読んでみよ」

「よろしゅうございますので」

将軍以外触れることも許されていない棚に置かれていたものを渡された小笠原若狭守が驚いた。

「読むがよい」

家斉がうなずいた。

「拝見仕《つかまつ》りまする」

小笠原若狭守が一度書物を頭上に掲げてから、内容を読み始めた。

「土芥寇讎記三の巻……どかいこうしゅうきと読んでよろしいのでしょうか」

「読み方はどうでもよい。中身を見よ」

「はっ」

少しいらついた家斉に、小笠原若狭守が一礼した。

「……これは御三家水戸《みと》の二代目当主光圀《みつくに》卿のことでは」

すぐに小笠原若狭守が書物から顔をあげた。

「とりあえず、そこだけでも読め」

面倒くさそうに家斉が促《うなが》した。

「光圀卿文武両道を専《もっぱ》らに学び、才智発明にしてその身を正し、道を以《もっ》て政道を行い、仁勇《じんゆう》専《せん》家《け》民《たみ》に施《ほどこ》し、哀憐《あいれん》せらる事《こと》、比類《ひるい》なし」

最初の一文を読んだ小笠原若狭守が家斉を見た。

「ずいぶんと称賛されておられますな」

小笠原若狭守が感心した。

「そう見えるだろう。まあ、そのまま読め」

家斉が促した。

「では……」

ふたたび小笠原若狭守が内容に目を落とした。

「…………」

しばらくして小笠原若狭守が啞然《あぜん》とした顔を家斉に向けた。

「なんなのでございましょう、これは。あれだけ褒めていたのに、女色《じょしょく》に耽溺《たんでき》する、身分あるものが悪所《あくしょ》通いをする、酒癖が悪い、礼儀ができていないと散々の評が続いておりまする」

「次を見ろ」

「……次は松平兵部大輔昌親《ひょうぶたいふまさちか》さま。といえば、越前松平家のご分家で越前吉江《よしえ》二万五千石の主で、のちに亡くなられた兄君の跡を継いで越前松平四十七万五千石となられたお方」

徳川家にとって越前松平家は格別な家柄であった。なにせその祖が、家康の次男秀《ひで》康《やす》だったのだ。三男秀忠に将軍職を持っていかれた次男秀康は、六十八万石という大領を与えられたとはいえ、おおいなる不満を持っていた。そして、その不満は秀康の息子忠直《ただなお》に引き継がれ、ついに爆発した。結果、越前松平家は一度改易《かいえき》処分となった。とはいえ、潰すわけにはいかず、大きく領土を削り、忠直の弟忠昌《ただまさ》に名跡《みょうせき》を継がせた。

しかし、その後も越前松平家は落ち着かず、忠昌の跡を継いだ光通《みつみち》は、妻子の問題で心を病み、自害してしまう。その跡を継いだのが光通の弟昌親であった。

「事実の後の付け足しを見るがいい」

「付け足し、先ほどの光圀公のときと同じところでございますな」

小笠原若狭守が最初に事実だけを並べてある箇所、その少し後に後日筆を入れたとわかる文章へと目を移した。

「昌親生得奸智《しょうとくかんち》ありて、手苦労多し。先走り、底意地悪く、うわべ柔和《にゅうわ》無欲にこしらえ、内心吝嗇《りんしょく》なり……これは」

声をあげて読んだ小笠原若狭守が息を呑《の》んだ。

「ぼろかすのようであろう」

家斉が口の端をゆがめた。

「ところで、これがなぜここにあると思う。ああ、一つ教えておこうか。一応全部目を通したぞ。全部で四十三冊、書かれている人物は二百六十人をこえている」

「二百六十……すべての諸侯が」

「うむ」

目を見張った小笠原若狭守に、家斉が首を縦に振った。

「すべての大名を調べる力を持つのは……」

「将軍家のみ」

家斉の問いに小笠原若狭守が答えた。

「水戸光圀、越前昌親、伊達綱村《だてつなむら》など、この本に書かれている大名たちが当主であったときの将軍家は誰ぞ」

「……五代将軍綱吉さま」

小笠原若狭守の表情が固くなった。

「この書物のすべてをそなたにも知らせてやりたいが、ものがものだけに貸すわけにもいかぬし、そなたが読み終わるまでここに居させるわけにもいかぬ」

「はい」

「ゆえに躬の読んだ範囲の話になるが、これはすべての大名を調べさせたものに、綱吉公が自ら見た感想を記されたものである」

「綱吉公、御自ら……」

小笠原若狭守が絶句した。

「そして、この人物評のなかで良好とされた者を調べたところ、綱吉公によって抜擢されておった」

「人物を選んでおられた……と」

「うむ」

家斉がうなずいた。

「綱吉公と躬は同じじゃ。分家から本家に入ったことで譜代の者たちから、軽く見られている。それをどうにかなさろうと綱吉公は、今幕閣におる者ではなく、まったく世に出ていない者のなかから、これはと思う者を引っ張り上げられた」

「…………」

無言で小笠原若狭守が聞いた。

「躬も倣《なら》おうと思う」

「……上様」

家斉の決意に小笠原若狭守が頭を垂れた。

四

五代将軍綱吉が造った大名の考課表『土芥寇讎記』をまねると言った家斉に、小笠原若狭守は同意した。

「誰に調べさせればいい」

まさか家斉が、一人一人の大名と面談して、腹心を探すというわけにはいかなかった。基本、大広間か書院に呼び出した大名が平伏しているのを上から見下ろすだけで、何一つ話をすることはない。

「大儀である」

「励め」

せいぜいこういった一言をかけるだけで、将軍と大名の目通りは終わる。これは決まり切ったことであり、何代にもわたって慣習となっている。その慣習を破って、家斉が大名たちといろいろ話をすれば、まず執政たちの興味をひく。

「なにを話していた」

他人払いしたうえで口止めを命じたところで、若く政を動かすだけの力を持たない家斉より、老中の方が強い。

後で呼び出された大名が、あっさり全部を口にするのはわかりきっている。

ようは、家斉が調べることはできないのだ。

「隠密をお遣いになられてはいかがでございましょう」

小笠原若狭守が進言した。

「御広敷伊賀者《おひろしきいがもの》か」

「いえ、御広敷伊賀者は、七代家継公以来老中の手のうちにございまする」

口にした家斉に、小笠原若狭守が首を横に振った。

「庭番《にわばん》か」

吉宗が紀州から連れてきた腹心の隠密の名前を家斉は出した。

「いいえ」

それも小笠原若狭守が否定した。

「ご先代さまが政にご興味をなくされて以降、隠密御用がなくなりまして……」

「歯切れが悪いの」

小笠原若狭守の言いわけに家斉が引っかかった。

「…………」

「申せ、若狭」

黙った小笠原若狭守に、家斉が厳しく命じた。

「家基《いえもと》さまのことでございまする」

「…………」

今度は家斉が沈黙した。

家基とは家治の嫡男であった。曾祖父である吉宗によく似ており、聡明でかつ武芸にも熱心であった。

「余が大樹の地位に就いたときは、田沼主殿頭を罷免《ひめん》し、政を一新する」

常々、幕閣を使嗾《しそう》し、独裁をおこなっていた田沼意次を排除して、将軍親政を成し遂《と》げると口にしていた。

その家基が鷹狩りの直後に発病し、奥医師たち懸命の治療も功を奏することなく、二十一歳という若さで死んでしまった。

「ああ……」

子供に先立たれた家治が、慟哭《どうこく》したのも当然であり、

「徹底して調べよ」

息子の死の真相を明かせと命じた。

親として子の急死が腑《ふ》に落ちなかったのだ。朝まで元気で品川まで鷹狩りに出かけ、昼の食事もきちっと取り、休息にと立ち寄った寺でゆっくりと茶を喫している。さらにその後も鷹狩りに興じた。

その家基が不意に体調を崩し、鷹狩りを中止して急ぎ帰城しただけではなく、そのまま二度と立つこともなく、いや、見舞いに来た家治の顔を見るために目を開けることさえなく、若い命を終えた。

「なんということよ」

急病ということは誰にでもある。寿命というのは、身分や立場に配慮してはくれなかった。

将軍世子という天下で五指に入る重要な人物といえども、病は気にしない。どれだけ健康であろうとも、若かろうとも死は訪れる。

だが、それを親が納得できるはずはなかった。

「その命を受けたのが、お庭番でございました」

小笠原若狭守が首を横に振った。

「果たせなかったのだな」

「はい」

家斉が断じ、小笠原若狭守が認めた。

「それは相手が一枚上だったのか、それともお庭番の腕が落ちていたのか」

「足りなかったのではないかと」

小笠原若狭守が家斉の疑問に応じた。

「そうか」

家斉が嘆息した。

「敵が一枚上手であったら、まだよかったの。凌駕《りょうが》するように努力すればすむ。ただ実力が足りなかっただけでは、敵がいたかいなかったのかさえわからぬ。それでは腕を磨く意味さえ見いだせぬ」

「…………」

無言で小笠原若狭守はお庭番が、努力しなかったことを暗に告げた。

「のう、若狭守。田沼ではなかったのか」

家斉が訊いた。

「ございませぬ。主殿頭の力は家治さまあってのもの。家基さまに手出しをして、家治さまのお怒りを買えば、主殿頭は終わりまする。それこそ、家ごと命ごと断たれましょう」

「家基が将軍となったときに排除されるとわかっていたのだろう。それならばと博打に出たと言うことは」

「ございませぬ」

はっきりと小笠原若狭守が家斉の疑惑を打ち消した。

「家基さまが将軍になられようとも、主殿頭を排除することはできませぬ」

「なぜじゃ」

家斉が疑問を呈した。

「父、先代将軍家が引き立てた寵臣を、役立たずあるいは百害として排除すればどうなりまする。父には人を見る目がなかったと息子が断罪することになるのでございまするぞ」

「息子による父の断罪……」

苦い顔を家斉が見せた。

「孝を人の道の第一としている御上が、それを自ら否定する。それはできませぬ。やるとしても、棚上げがせいぜいでしょう」

小笠原若狭守が述べた。

「棚上げ……とはどういうことだ」

「溜まりの間詰めにしてしまえばよいのでございまする」

「……溜まりの間か」

家斉が納得した。

溜まりの間詰めは、臣下最高の格式になる。井伊《いい》家や酒井《さかい》家のように幕府創設以前からの名門、会津《あいづ》松平、高松《たかまつ》松平など一門の一部などが詰め、将軍や老中から諮問《しもん》があったときのみ、幕政にかかわることができた。

田沼家は紀州から吉宗についてきた家柄で、大名としては最下級にあたる。それが溜まりの間詰めになるというのは名誉なことであり、子々孫々まで格式をあげてもらうことになる。もっとも天下の政からは遠ざけられることになるが、一応栄達になるだけに断ることは難しかった。

「なるほどな。となれば、誰が家基を害したのか……」

「お止《や》めなさいませ」

考えこんだ家斉を小笠原若狭守が制した。

「すでにことは過去。害した者がわかったところで、家基さまは蘇《よみがえ》られませぬ。それどころか御上の古傷をえぐることになりましょう」

「手を出すなと申すのだな」

「はい」

嫌そうな顔の家斉に小笠原若狭守が首を縦に振った。

「わかった。手出しはせん。しかし、そうなるとだな、伊賀は遣えぬ、庭番は遣いものにならぬ。手詰まりよな」

家斉がため息を吐いた。

「まことに」

小笠原若狭守も同じように嘆息した。

「だからといって、あきらめる気はないぞ」

「上様のご要望を認めぬなど、ありえませぬ」

家斉の宣言に小笠原若狭守が同意した。


九月二十二日、家治の葬儀は寛永寺で執りおこなわれた。

死亡の公表から十四日、実際の死亡から二十七日というときが過ぎていた。

代々の将軍と同じく、座棺《ざかん》に収められ、隙間を漆で埋め尽くした家治の遺体は、大手門ではなく、平河御門《ひらかわごもん》を通って、江戸城と永遠の別れを告げる。

「公方さまのお通りである」

まだ家斉は将軍宣下を受けていないため、公方と名乗ることはできず、そして死んだところで公方という称は剝奪されない。

つまり天下に公方と呼ばれる人物は家治しかいないのだ。

「公方さま……」

「おいたわしい」

将軍の葬儀行列は、旗本の手で警固される。三河譜代であろうとも大名となった者は、葬列の見送りには出ることを許されない。

江戸城から寛永寺にいたる道には、旗本、御家人が立ち、万一に備えている。

とはいえ、目の前に棺が来れば、膝を突いたり、涙を流したりする。

「…………」

そんななか大伍はなんの感慨もなく、周囲に目を配っていた。さすがに今日は浪人体《てい》ではなく御家人の姿であった。

目見えどころか、江戸城へあがることもできない小人目付にとって、将軍とは雲の上どころか、天上の神と同じで、いるかどうかさえわかっていない。

将軍が替わろうが、上司が更迭《こうてつ》されようが、家禄と役職が保証されるのであれば、どうでもいいのだ。

大伍は家治の死という臨時のできごとで駆り出される最後の日だったが、油断はしていなかった。

「あれで旗本でございか」

道に並んで警固しているという旗本を大伍は鼻で笑った。

旗本たちは、両刀に柄袋《つかぶくろ》をはめていた。

たしかに天候は悪く、いつ雨が降ってもおかしくはないが、それでもなにかあったときのための警固なのだ。咄嗟《とっさ》のときに柄袋が邪魔をして刀が抜けないでは困る。

柄から雨が入って刀を錆《さ》びさせることのないように、柄袋はある。馬皮あるいは丈夫な布に油を染みこませた柄袋は、雨や雪を弾《はじ》いてくれるが、それを外さないと刀は抜けない。

「雨が入ったなら、手入れをすればすむ。それを嫌がるとは……」

大伍はあきれていた。

「……」

寛永寺までの道を埋め尽くす数百、いや千をこえる旗本、御家人を大伍は信用していない。家治の棺になにか仕掛けようと浪人が十人も襲いかかってくれば、警固と称して立っている旗本や御家人は、右往左往して混乱するだけである。そして、その混乱は正式に行列の警固を担っている大番組に波及する。

もし、その混乱のなか家治の棺が落ちたりしたら大事になる。

もちろん、浪人たちはなますに斬られて全滅するだろうが、警固の大番組、行列差配の若年寄も無事ではすまない。

「腹を切れ」

家は改易、本人は切腹になる。

そして、その影響は大伍にも及ぶ。

「なにをしていた」

目付が責任を押しつけてくる。

「ですが、あれでは……」

言いわけはできない。下僚と書いていいけにえと読むのが幕府であった。

「……なにもないな」

少しだけ行列より前に出たり、左右の辻を検《あらた》めたり、道筋に面する屋敷の気配を探ったり、大伍は動き回った。

「あれは……」

小笠原若狭守が大伍に気づいた。

当たり前のことだが、前将軍の葬儀に世子は同行する。当然、御側御用取次である小笠原若狭守は、家斉の駕籠に騎乗で付き従っている。

騎乗だけに目の高さが違い、より大伍の動きが目立って見えた。

「おい」

　小笠原若狭守から声をかけられた馬の轡取《くつわと》りが振り向いた。

　騎乗している者は、馬の暴走を防ぐために轡取りを連れてきている。他にも槍《やり》を立てることを許されている者は槍持を、徒でも身分のある者は草鞋《わらじ》取りを供としており、それらを加えた行列は長大になり、徳川の威光をより高めていた。

「なにか」

「右手の辻角で奥を見ている侍がわかるか」

　鞍下《くらした》まで近づいた轡取りに小笠原若狭守が問うた。

「……あのみすぼらしい身形の」

「そうじゃ」

「捕らえまするか」

　轡取りが訊いた。

「いや、どこの誰かわかればいい」

「承知」

　轡取りが行列から外れた。

　大伍はすぐに近づいてくる気配に気づいた。

「行列のほうから……」

気配を探った大伍が困惑した。

「卒爾《そつじ》ながら……」

轡取りが大伍の一間半《けん》（約二・七メートル）ほど手前で声をかけてきた。

「拙者でござるか」

大伍が念のために確認した。

「いかにも。わたくし御側御用取次を承《うけたまわ》っておりまする小笠原若狭守が家人《けにん》で坂《さか》口一平《ぐちいっぺい》と申しまする。よろしければお名前をお聞かせ願いたく」

「ご丁寧なお名乗り、承って候《そうろう》」

礼にかなった対応を大伍は見せた。

「拙者お小人目付を務めまする射貫大伍と申しますもの」

大伍が名乗った。

「これはかたじけなく存じまする」

小人目付とわかった坂口一平が頭を垂れた。

「で、ご用件は」

大伍が尋ねた。

「お住まいをお伺いいたしても」

「住まいでございまするか」

重ねて訊かれた大伍が警戒した。

「主が貴殿に興味をもちまして」

ためらいを見せた大伍に、坂口一平が告げた。

「御側御用取次さまが……」

大伍が困惑した。

小人目付は十五俵一人扶持《ぶち》という幕臣でも最下級の役人でしかない。将軍側近として飛ぶ鳥を落とす勢いの御側御用取次が気にするとは思えなかった。

「お教えを願いたく」

下手に出ながらも坂口一平は強く要求した。

「深川中川町のお小人組屋敷でござる」

お小人は組屋敷という名前の長屋住まいであった。

「ありがとうございまする。では、わたくしはこれにて」

一礼した坂口一平が踵《きびす》を返した。

「意味が、目的がわからん」

残された大伍が首をかしげた。

馬の轡取りがいなくとも、乗馬は高級旗本のたしなみである。しかも葬列の同行となると、馬を興奮させるような大声や物音などに晒《さら》されることはない。足並みもゆっくりとしたものでいい。これで馬を御《ぎょ》せなかったなど、恥でしかなくなる。

「遅くなりましてございまする」

坂口一平が小笠原若狭守に詫びて、馬の手綱《たづな》を預かった。

「どうであった」

「名前と住まいを聞いて参りましてございまする」

「住まいもとは、よくやったわ」

小笠原若狭守が坂口一平を褒めた。

「で、そなたから見て、あやつはどうであった」

「かなりできると見ましてございまする」

主の問いに、坂口一平が答えた。

「足運び、目配り、猜疑心《さいぎしん》の強さ、なかなかしたたかだと思いましてございまする」

坂口一平が感想を述べた。

「……………」

少しだけ小笠原若狭守が考えこんだ。

「一度会ってみるかの」

「それがよろしいかと」

小笠原若狭守の呟きに、坂口一平が反応した。

「殿、寛永寺の山門が見えて参りましてございまする」

坂口一平がここまでだと言った。

「うむ。上様にご報告いたして参る」

「はっ」

坂口一平が馬の轡をゆっくりと引っ張った。

第二章　本丸の主

一

家治の葬儀は無事にすんだ。

警戒を強めていた町奉行、目付も安堵《あんど》し、体制を通常に戻した。

だからといって、下僚に休みは与えられない。

大伍は翌日から普段どおりの任務に復した。

小人目付の役目は、目付の出務同行、牢屋敷の見廻り、諸変事立ち会いである。かつてのように改易大名の城地受け取りや遠国《おんごく》役人の非違監察など、目付が出張することも少なくなった今、小人目付の仕事は毎日同じことの繰り返しであった。

「開門願う。小人目付の見廻りである」

大伍は小伝馬町の牢屋敷の前で声を張りあげた。

小人目付の格は低いが、すべての役目は目付の代行である。

「へええい」

牢屋敷の表門が引き開けられた。とはいえ、万一囚人の奪還を考える者や、牢抜けを企《たくら》む者などが出入りしては困る。

目付が来たならばそうはいかないが、小人目付ではそこまでしなくてもいい。ようは表門を開けたという形だけ取ればいい。大伍一人が通れるだけの隙間だけ開けて、すぐに閉じる。

「よう」

「おう」

門のなかで待っていた牢屋同心が手をあげ、それに大伍が応じた。

「大変だったようだな」

牢屋同心が大伍を気遣った。

「ことがことだ。なにかあったら、何人の腹が要るか」

腹が要るというのは切腹のことを指す。

「おぬしの腹ではあるまいに」

「たしかに」

かかわりのない下役の気楽さは、大事になると忘れられるところにある。

牢屋敷同心と大伍が笑い合った。

「さて、行くか。ここでしゃべっているわけにも行くまい」

「だの。では、案内をいたせ」

二人が雑談を中断して、牢屋敷のなかへと入っていった。

牢屋敷奉行は旗本石出《いしで》帯刀《たてわき》による世襲であった。徳川家康が三河から江戸へ移封されたとき、直々《じきじき》に命じられて罪人を預かったのに始まる。

三百俵十人扶持で目見え以上だがその格は低く、罪人を扱う不浄職として旗本、御家人との交友はなかった。通婚や養子縁組などは町奉行所の与力と交《か》わすことが多かった。

「主税《ちから》、お奉行どのは……」

「出てくるわけないやろう」

大伍の質問に牢屋同心が苦い顔をした。

「最近は言い渡しも小頭に任して、こっちには足を踏み入れんわ」

主税と呼ばれた牢屋同心が小声になった。

石出帯刀は小伝馬町の牢屋敷内に拝領屋敷があり、そこに居住していた。いわば職住一致であった。

「牢奉行の仕事だろうに」

大伍が主税に告げた。

「ご不満のようでな。なぜ牢奉行は石出家の世襲なのだと」

主税が苦笑した。

「出世したいのか、お奉行どのは」

「らしいな。なぜ、同じ不浄職の町奉行は、大目付や大番頭に転じていけるのに、牢奉行だけはずっと同じなのだと言われているそうだ」

「理屈としてはあっているが、町奉行は罪人捕縛だけが役目ではないぞ。町触れ、諸物価の統制とやることはそちらが多い」

「わかっていても我慢はできんのだろう」

小声で話しながら、二人は牢屋敷を見て回った。

「あいかわらず、東西の大牢は一杯だな」

大伍が嘆息した。

「あまり大きな声では言えぬが……町奉行所の動きが悪い」

「ご先代さまのご逝去か」

主税のささやきに大伍が問うた。

「たしかにご先代さまがお亡くなりになられてから、捕まる者は増えたが、吟味《ぎんみ》はまったくおこなわれなくなった」

牢屋敷は、未決の囚人を拘留する場所であった。何カ月の入牢とか、刑期未定の労役という罪が幕府にはなく、吟味次第で死罪、遠島《えんとう》、所払《ところばら》い、敲《たた》き、無罪放免のいずれかを決めて、それによって牢屋敷を出ていく。

もちろん、老中の裁可が要る死罪、潮待ちで船が出る時期が決まっている遠島など、刑が定まった後も牢屋にくくられている者はいるが、それほどの数ではなかった。

今、牢屋敷に入れられている者のほとんどが、博打、盗み、強姦などの疑いであった。

「吟味がおこなわれない……」

大伍が怪訝な顔をした。

「おうよ。吟味方与力どのが、牢屋敷に来られぬ」

主税が首を横に振った。

罪人として捕まった者の吟味は、そのほとんどが牢屋敷でおこなわれた。町奉行所の白州でおこなわれるのは、よほどの大事件か、世間への波及が大きなものに限られる。

基本は、吟味方与力が牢屋敷まで出向き、拘留されている者を詮議蔵《せんぎぐら》へ呼び出し、そこで取り調べをする。相手が強情な場合は責め問いと呼ばれる拷問をして、自白を強要する。

「溜まるばかりか」

「ああ。そろそろ死人が出る」

「………」

主税の言葉に大伍が嫌そうな顔をした。

「やられそうな奴が多い」

「盗みか」

「いや、博打だ」

主税が首を左右に振った。

大牢といえども十二畳ほどしかない。適正な人数は十人ていどなのだが、そこに二十人、三十人と詰めこんでいる。

そうなるともう横になって寝るどころではなくなる。座っても両側が他の囚人と触れあうとなれば、たまったものではなかった。

「動くな」

「足が当たったじゃねえか」

少しでも身じろぎしようものならば、文句が飛んでくる。

「やかましい」

「狭いんだ。文句を言うな」

怒鳴られた方も黙ってはいない。

「静かにしろ」

これを収めるのが牢名主と呼ばれる古手の囚人である。

しかし、いつまでも牢名主の権勢で収めることはできなかった。

「あいつ、うるさいな」

「偉そうな割に、なにもできやしねえ」

怒りは牢名主に向かう。

そうなっては多勢に無勢、牢名主も粛清の対象になってしまう。

「やるか」

それを防ぐために、生《い》け贄《にえ》が選ばれた。

「あいつだな」

「へい」

牢名主は牢屋同心から、誰がなんの罪で収監されているかというのを聞かされている。

「強姦したうえで殺したそうだ」

「詐欺で金を奪ったうえに、娘を岡場所に売り払ったらしい」

こういった卑怯な者が犠牲となる。

「寝たか」

「ぐっすりで」

夜中、そいつが寝たのを見計らって、皆で取り囲み、いきなり四肢を取り押さえ、抵抗できなくし、さらに口にぼろ切れを突っこんで封じる。あとは、金玉を踏み潰すのだ。

「……くう」

男の急所をやられた囚人は白目を剝《む》いて死ぬ。それを翌朝の点呼のときに報告すれば、ことは終わる。

「心の臓の発作じゃなあ」

牢屋敷に雇われている医師が、患部を検めることもなく診断、そのまま囚人は牢から運び出されて、身許引受人に下げ渡されるか無縁仏として葬られるのだ。

「お目付さまが騒ぐぞ」

あまりいいことではないと大伍が、主税を諫《いさ》めた。

小人目付が牢屋敷を見回るのは、牢内でおこなわれていると疑いのある殺人を目付が気にするからであった。

「そのあたりのことは頼む」

主税が大伍を頼りにしていると言った。

「また無理を言う」

「長いつきあいじゃないか」

ため息を吐いた大伍の肩を主税が叩いた。

「やってみるが、お目付さま次第だからな」

大伍が苦笑した。


翌日、大伍は城内の百人番所での待機であった。

「誰ぞあるか」

大手門を潜って枡形《ますがた》を出たところにある百人番所へ目付が荒々しく入ってきた。目付は黒の麻裃《あさかみしも》を身につけている。一目で目付とわかる。

「これに」

大伍が立ちあがった。

「そなた小人目付だな」

「小人目付の射貫大伍めにございまする」

「目付、進藤内匠《しんどうたくみ》である」

「ご尊名拝受いたしました。御用は」

大伍が問うた。

「そなた昨日牢屋敷見廻り当番であったな」

「はい」

確かめた進藤内匠に大伍が首肯した。

「異変はなかったのだろうな」

「ございませぬ。ただ、大牢に囚人が多いとは感じましたが」

進藤内匠の質問に大伍が答えた。

「なぜそれを報告せぬ」

「牢のことは石出帯刀さまの専権でございまする。一応、懸念は表しておきましたが」

「誰に懸念を伝えた」

「同行した牢屋同心でございまする」

大伍が主税の名前を出さずに回答した。

「そやつの名前は」

「牢屋敷見廻り同心鳥川《とりかわ》主税でございまする」

「ふむ。で、なんと答えた」

進藤内匠が細かいところまで要求した。

「気にしておくと」

大伍が告げた。

「町奉行所にかかわることは話さなかったか」

「町奉行所でございますか……」

わざと思い出すように大伍が思案に入った。

大伍は進藤内匠の思惑を悟《さと》っていた。

目付は監察役であるだけに、上役からの受けが悪い。誰でも己の足下《あしもと》をすくおうとしている目付を警戒しているからだ。

それだけに目付からの出世は難しい。目付になって十年をこえる者も多く、そこから遠国奉行や小姓番になって立身していく者は少ない。その代わり手柄を立てれば町奉行や勘定奉行にまで行く。

上役からの引き上げがない。となれば、どうするか。己で立身して行く役目に欠員を出すのである。

そう、進藤内匠は町奉行を追い落とそうと考えていた。

「なかったのか」

焦《じ》れた進藤内匠が大伍を急《せ》かした。

「……そういえば」

「なんだ」

いかにも今思い出したというふうを装った大伍に、進藤内匠が身を乗り出した。

「町奉行所から吟味方与力が来ないと」

「吟味方与力が来ぬと……」

今度は進藤内匠が考えこんだ。

「畏れながら……なにかございましたのでしょうや」

わかっているが、一応聞いておかなければ、その先の受け答えが違ってくる。知っていて答えたのと、知らずに口にしたのでは、立場が変わる。

迂闊《うかつ》な受け答えは、大伍の身を破滅させかねなかった。

「牢屋敷で、囚人が死んだ」

「囚人が……」

大伍が首をかしげた。

別段珍しいことではない。目付が血相を変えて小人目付のもとまで来るほどではなかった。

「三人も東大牢で死者が出た」

「一夜で三人……」

聞いた大伍も驚愕した。

牢屋での変死は基本一人である。ただし、数日続くことはあった。それでも一夜で三人は例がなかった。

「いかに囚人とはいえ、三人も急死するか」

「お医師の判断はいかように」

「三人とも心の臓の発作だそうだ」

確かめた大伍に進藤内匠が吐き捨てるように言った。

「………」

大伍があきれた。

「牢屋医師など信用できぬ」

進藤内匠が強い口調で断じた。

「そこで、そなたに命じる。三人の死体を埋葬させるな。昼からになるが表御番医師《おもてごばん》を連れて牢屋敷へ参る」

「承知いたしましてございまする」

命令とあればいたしかたなかった。大伍が頭を垂れた。

「主税に報せを」

下役同士の繋がりは大事にしなければならない。いつ自分が助けられる方になるかわからないのだ。

大伍は、つぶやいた。

二

小笠原若狭守は家斉へ目配せをした。

「……御用の間に参る。若狭、供をいたせ」

「お待ちくださいませ」

腰をあげかけた家斉に、小姓組頭が制止の声を発した。

「なんじゃ」

家斉が小姓組頭を見た。

「御用の間へのお供は小姓組頭の役目でございまする。いかに西の丸から付いてこられた小笠原若狭守さまといえども、ご遠慮なされてしかるべきかと」

「ふむ。ようはそなたを重用せよと申すのだな」

「い、いえ。そうではございませぬ。ただ、前例というのをおろそかになされるのは、いかがなものかと」

「前例であろう。決め事ではない。御用の間はそもそも躬が政務を執るところである。そこへ御側御用取次を連れて行くのは、政の観点から見てもおかしくはないはずじゃ」

「ですが、前例を破られるのは……」

小姓組頭が抵抗した。

「面倒だの。小姓組頭であればよいのだな」

家斉が小姓組頭に念を押した。

「はい」

「では、誰ぞ、壱岐守《いきのかみ》を呼んで参れ」

「えっ……」

家斉の命に小姓組頭が唖然とした。

「小姓組頭なればよいのだろう。ゆえに非番の壱岐守を呼び出すのじゃ」

平然と別の小姓組頭を重用すると家斉が告げた。

「ひ、非番の者を呼び出すなど……」

「前例がないか。そうか、今前例ができたの」

「………」

家斉の言葉に、小姓組頭が顔色を変えた。

「後は言わずともよいな」

当番の者がいるにもかかわらず、非番を呼び出す。その意味がわからない者は、将軍側近としてここにいない。

小姓組頭を罷免《ひめん》すると家斉は言ったのだ。

「お待ちを」

蒼白になった小姓組頭ではなく、小笠原若狭守が家斉に声をかけた。

「意見か、若狭」

家斉が小笠原若狭守へと顔を向けた。

「前例は守るためにある金科玉条《きんかぎょくじょう》ではございませぬが、それなりの意味を持っておりまする。小姓組頭がいたしました諫言は、出過ぎたまねではございまする。が、それだけで役を免じるというのはいささか厳しすぎるかと存じまする」

「以降、躬に諫言する者がいなくなるか」

「ご賢察でございまする」

難しく表情をゆがめた家斉に小笠原若狭守が首肯した。

「若狭守さま……」

小姓組頭が感動で震えた。

「わかった。壱岐守は呼びに行かずともよい。若狭、供をいたせ」

立ちあがってそう言った家斉に、もう誰も苦情を申し立てなかった。

「お手間を取らせましたこと、お詫び申しあげまする」

御用の間に入ったところで、小笠原若狭守が謝罪をした。

「よい。これで若狭守と密談をするに誰も文句は言えない」

「お見事な切り返しでございました」

手を振って気にするなと言った家斉を、小笠原若狭守が褒めた。

「いずれは小姓組頭を含め、小姓、小納戸も、躬に忠誠を誓う者で固めたいものよ」

家斉が述べた。

さきほどの小姓組頭の諫言は、小笠原若狭守を腹心にした家斉への嫌がらせであった。

「こちらにも気を遣え」

暗に小姓組頭はそう要求したのである。そして、それを他の小姓も小納戸も止めなかった。将軍の身の回りのことを担当する小納戸は小姓に比べると身分が格段に低い。よほど肚を据えていないと、お休息の間に侍る旗本のなかで最上位の小姓組頭へ苦言は呈せない。小姓組頭に睨《にら》まれれば、小納戸は役目を果たせなくなる。

「小姓で一人も組頭を諫めた者はおりませなんだな」

小笠原若狭守も苦い顔になった。

小姓は旗本のなかでも千石をこえる、あるいは千石に近い名門旗本でなければ就くことのできない役目である。そして小姓は、将軍最後の盾《たて》として、命を懸けて守るのが仕事であった。つまりは将軍のために死ぬだけの忠誠を持っていなければならなかった。

「まあ、躬が将軍となるまでの間じゃ、辛抱は」

家治の葬儀は終わったが、家斉への将軍宣下はまだであった。

京も家治の死と家斉が徳川家を継いだ旨は知っていた。いずれ、朝議が開かれ、良き日を見て家斉へ征夷大将軍の地位が与えられる。それまでは家斉は、徳川宗家の主ではあるが、征夷大将軍ではないという中途半端な状態におかれる。

もちろん、今までの将軍も、先代が大御所になっていなければ、同じ経緯を取っている。まさに前例であった。

「ところで、躬になにか申したいことがあるのであろう」

家斉が小笠原若狭守に、目配せの意味を問うた。

「畏れ入りまする」

その目配せがもめ事のもとになった。もう一度小笠原若狭守が詫びた。

「では、上様にお伺い申しあげまする。今も『土芥寇讎記』と同じことをなさりたいとお考えでいらっしゃいまするか」

先ほどの会話でも家斉の考えは知れたが、確実を期すために小笠原若狭守が尋ねた。

「思っておる。このままでは躬はなにもできずに終わる」

家斉がはっきりと認めた。

「城から出ぬ将軍は、目隠しをされているも同然である」

「はい」

小笠原若狭守が同意した。

「わざわざ確認したということは、よき者でも見つかったか」

「直接会ってはおりませぬので、絶対とは申しせませぬが、これは遣えると思う者を見つけましてございまする」

問うた家斉に小笠原若狭守が首を縦に振った。

「ほう。どのような者ぞ」

「小人目付の射貫大伍と申しておりました」

「……小人目付とはなんぞ。目付と付いておるところから察するに監察役とは思うが、聞いたことさえない」

家斉が首をかしげた。

「お目通りできる身分ではございませぬので、上様がご存じなくて当然でございまする」

小笠原若狭守が答えた。

「御家人か」

「さようでございまする。役高十五俵一人扶持の小者ではございますが、その目配り、動きはその辺の伊賀者より上かと」

「小人目付は隠密もするのか」

家斉が目を大きくした。

「わたくしもよく知りませんでしたので、少し調べさせましたところ、目付の命で諸国へ探索へ出向くこともあるそうでございまする」

「ほう、その射貫とか申した者も隠密として働いたのだな」

「それが、小人目付の功績はすべて目付のものとなり、誰がどのような役目で遠国へ出ていたかなどは、記録さえ残っておりませぬ」

「配下の手柄を取るか」

小笠原若狭守の話に、家斉が目を細くした。

「いたしかたございませぬ。目付は誰を観察しているか漏れては困る役目ゆえ、配下の者の名前や調べてきたことなどを残しませぬ」

小さく小笠原若狭守が首を横に振った。

「手柄を奪うのがやむを得ぬことだと……」

「お察しを願いまする」

不満そうな家斉を、小笠原若狭守が宥《なだ》めた。

「しかし、それでは射貫と申す者の実力がわからぬではないか」

家斉が疑問を呈した。

「お許しをいただけるならば、わたくしが射貫の実力を測りたく存じまする」

小笠原若狭守が許可を求めた。

「そのようにおもしろいことに、躬をかかわらせぬつもりか」

家斉が己にも見せろとだだをこねた。

「上様にお目通りできぬ者を……」

言われた小笠原若狭守が戸惑った。

「なんとしても見たいぞ。なにより、そやつを遣うのは躬である」

「まさに仰せのとおりではございまするが……」

一層小笠原若狭守が困惑した。

「どうじゃ、そやつにここまで来させては」

「ここまでと言いまするど、御用の間でございまするか」

家斉の口から出た試練に、小笠原若狭守が驚いた。

御用の間は、江戸城の中奥のなかでももっとも大奥に近い。ここまで来るには、多くの関門がある。

「新番はもちろん、御広敷伊賀者、庭乃者の目を潜って見せよと」

「それくらいできねば、躬の用をこなせまい」

小笠原若狭守の確認に、家斉が笑った。

「むうう」

家斉の無茶な要求に小笠原若狭守が唸《うな》った。

「どうだ、若狭」

「わかりましてございまする。そう申しつけましょう」

もう一度案を推した家斉に小笠原若狭守がうなずいた。

「楽しみじゃの」

家斉が興奮した。


牢屋敷見廻り、待機番を小人目付は繰り返す。

上司である目付が休みなしに勤務をしているため、下僚たる小人目付も休みはない。

ただ、待機番の日は目付の用がなければ、七つ（午後四時ごろ）には下城できた。

とはいえ、宿直《とのい》番の目付がいつなにを言い出すかわからないし、城下に火事があれば出張《でば》らなければならなくなる。そのために二人ほどは詰め所で夜明かしをする。

「どれ、今日はお先じゃ」

「おうよ。気を付けて帰られよ」

七つになったのを機に、宿直番でない小人目付が帰宅の途に就く。

「なにごともなしでござった」

大伍も腰をあげた。

大手門を遠慮がちに潜った大伍は、両国橋を通り、組長屋へと戻った。

「…………」

すでに両親はない。鍵もかけていない戸を開けて、大伍は長屋へとあがった。

「ありがたし」

同じ組長屋の小人の家へ嫁に行った姉が、二日に一度だが夕食の用意をしてくれていた。互いにぎりぎりの生活を送っている小人同士である。大伍は姉に食費を渡している。多少多めに渡しているが、疲れて帰ってきて米を炊いて菜を作る面倒に比べると安い。

「風呂屋へ行くとするか」

長屋に小さな樽《たる》が据え付けてあり、沸《わ》かしたお湯と井戸水を混ぜて風呂とするが、薪《まき》が高いので、薄禄の小人目付では入浴は贅沢になる。

手桶と手ぬぐい、ぬか袋を持って大伍は、少し離れた風呂屋へと向かった。

江戸の風呂屋は蒸し風呂であった。番台と脱衣所と湯船の間は石榴口《ざくろぐち》と呼ばれる天井から垂れ下がった壁で仕切りがされており、蒸し風呂の湯気を逃がさないようになっていた。

「………」

茶室のにじり口のように腰をかがめて石榴口を潜り、浴室に入る。たちまち、蒸気で目の前が真っ白になった。

そのまましばらく座っていると身体《からだ》から汗が玉になって噴き出す。そこで竹篦《たけべら》を使って身体を刮《こそ》げるようにして垢《あか》を落とす。

「誰か」

竹篦を逆手に握った大伍が近づいてきた気配に誰何《すいか》をした。

「驚かしたならば詫びよう」

「その声は……」

「覚えてくれていたか」

「小笠原若狭守さまの御家中の坂口どのであったな」

大伍の声に合わせて、湯煙のなかから坂口一平が現れた。

「拙者に御用か」

「うむ。隣、よいかの」

問うた大伍に、坂口一平が許可を求めた。

「……かまわぬ」

ちらと坂口一平を見て、武器などを所持していないかどうかを確かめた大伍が隣に座ることを許した。

「御免」

坂口一平が、大伍の右隣に腰を落とした。

武士は左を気にする。左腰に両刀を差している関係上、抜き打ちは右にしやすい。左に居る者を襲おうとすると一度抜いてから、身体を向き直さなければならず、一手間かかる。

右に座るというのは、害意がないという証《あかし》でもあった。

「………………」

それを見てから大伍が竹篦を手放した。

「用はなんだ」

いかに飛ぶ鳥を落とす勢いの御側御用取次の家臣とはいえ、陪臣《ばいしん》でしかない。大伍は坂口一平に訊いた。

「用は後でよかろう。せっかくの湯屋じゃ。ゆっくりと身体を休めようではないか」

坂口一平が、垢すりを始めた。

「肚の据わったことよ」

大伍が感心した。

三

湯屋には二階があり、湯上がり客が休憩する場所となっていた。将棋、囲碁などの遊具から、読み本などが置かれていた。湯上がりした大伍と坂口一平の二人も、二階へと座を移した。

「白湯《さゆ》しかないか」

二人分の湯飲みを持って、坂口一平が大伍の前に座った。

「いただこう」

差し出された白湯を大伍が受け取った。

「……で、用は」

「貴殿は小人目付でござるな」

「いかにも、小人目付を承っておる」

今さらの確認にも大伍はうなずいた。

「何年、お役に」

「さてな。家督を継いですぐだからな。六年か、七年か」

大伍が答えた。

「隠密御用の経験は」

「…………」

声を低くした坂口一平に、大伍が目を細めた。

「それも小笠原若狭守さまのお問い合わせか」

「さようでございまする」

今度は坂口一平がうなずいた。

「御側御用取次ともあろうお方が、なにを言われるか。隠密御用は他言無用と厳しくお目付さまより命じられておる」

「いや、どこへ何をしにいったかを伺いたいとは思っておりませぬ。隠密御用を経験されたかどうかをお教えいただきたい」

「……なんのためにそのようなことを」

疑いの目で大伍が坂口一平を見た。

「貴殿の腕と技を知りたいと」

「腕と技を……御側御用取次さまが、小人目付になにを求めておられる」

大伍が首をかしげた。

「拙者に詳細は知らされておりませぬ」

坂口一平が頭を左右に振った。

「……御側御用取次さまの御用」

大伍が考えこんだ。

御側御用取次といえば、将軍の側近中の側近である。小笠原若狭守はすでに老齢であり、これ以上の出世はまずないだろうが、御側御用取次はのちに大坂城代、京都所司代を経て老中へとあがっていく出頭人としても知られている。

その御側御用取次が、路傍の石に近い小人目付に目を付けた。

大伍がその理由を考えたのも当然であった。

「ご懸念はなしに願いたい。決して貴殿に悪い話ではないと主が申しておりました」

坂口一平が大伍を宥めた。

「悪い話ではない……か」

大伍が呟くようにして繰り返した。

「………」

小笠原若狭守からの誘いに乗るか、断るかを大伍は一瞬考えた。

断れば、これからも小人目付としての日々が続く。嫁を迎えても、内職をさせて金を稼がせるしかなく、子も多くは儲けられない。

十五俵一人扶持というのは、それだけ貧しい。なにせ、町奉行所の同心のちょうど半分しかないのだ。さらに町奉行所の役人には町人からの付け届けがあり、本禄なんぞ小遣いていどだと言われている。

対して小人目付には、余得は一切ない。多めに見積もって年七石、金にして七両あるかないかの収入でやっていかなければならない。

とはいえ、小人目付を長く務め、目付の目に留まれば、闕所物《けっしょもの》奉行や普請奉行下役などへの出世もあった。しかし、そこにいたるまでが長く、どちらもそれ以上の立身はほぼ不可能であった。

「隠密御用は二度経験いたしておりまする」

大伍は小笠原若狭守の誘いに乗った。

「……では」

坂口一平も大伍の決意に気づいた。

「なにをいたせばよいのでござるか」

乗るとなれば、坂口一平は同僚に近い。大伍は口調を丁寧なものにした。

「将軍家御用の間というのをご存じか」

「知りませぬ」

坂口一平の確認に、大伍は首を左右に振った。

「中奥の最奥に将軍家が密談をなさるための小部屋がござる」

「それが御用の間だと」

「いかにも。そこまで誰に見咎められることなく、行けましょうか」

「……中奥のさらに奥でございまするか」

大伍が腕を組んで悩んだ。

「誰にも知られぬということは、御広敷伊賀者、お庭番に見つかれば……」

「命は保証されませぬ」

捕まっても小笠原若狭守は助けを出さないと坂口一平は告げた。

「……………」

しばらく大伍は沈黙した。

「わかりましてござる」

熟考した大伍が了承した。

「お引き受けくださるか。やれ、これで主の命を果たせましてございまする」

坂口一平が安堵の息を吐いた。

「いつ」

短く大伍が問うた。

「用意もございましょうから、そちらにお任せするとのことでございまする」

「こちらに任せてくださるか」

坂口一平の伝言に大伍が一層悩んだ。

忍びこむのはそう難しい話ではなかった。問題は、場所がわかっていないことにあった。なかに入りこんでから迷っていては目立つ。あらかじめ、どこに御用の間があるかは確かめておかなければならなかった。

「こちらから期日はお報せするでもよろしいか」

「結構でございまする。そのときはわたくしにお願いをいたしまする。主の轡取りをいたしておりますれば、毎日大手門前の広場まで参っておりまする。あるいは屋敷まで御足労いただきたい」

大伍の提案に坂口一平が応じた。

馬の轡取りは身分の低い小者の役目ではあるが、戦場においては主の動きに合わせて、駆け、その身を守る信頼厚き者であった。

「では、後日」

大伍はすっと席を立った。

長屋へ帰った大伍は、興奮と恐怖に落ち着かなかった。

「御用の間へ来いということは、上様のお召しである」

大伍は坂口一平との遣り取りのなかで、そこに気づいていた。だからこそ、見つかれば死罪を免れない誘いを受けた。

「小人目付が上様にお目通りをする」

大伍は胸の高まりを抑えきれなかった。

御家人というより、小者に近い小人目付は、生涯将軍の顔を見ることもなく終わる。一応譜代扱いなので、家督は継げるがそのときも組頭に挨拶をするだけで、江戸城へ上がることさえない。

もし、大伍が家斉に目通りできたとしたら、まさに前代未聞の出来事になる。

「加増もある」

将軍に目通りした者を御家人にしておくことはできなかった。旗本になるなら少なくとも二百石はもらえる。

「隠密御用の経験を問われたということは、新たなお庭番か」

お庭番は老中に手綱を握られている御広敷伊賀者では使いものにならないと感じた八代将軍吉宗が創設したものである。

「あるいは、陰警固か」

江戸城の中奥まで忍びこめる腕を持つとなれば、家斉の身辺警護にこれほど適した者はいない。

「どちらにせよ、やり遂げれば立身出世ぞ」

大伍は一人声をあげた。

もともと射貫の家は、名前からわかるように弓足軽であった。徳川家康に従い、多くの戦場を駆け抜けたが、弓足軽の功績というのはわかりにくい。

「一斉に放て」

弓足軽の戦闘は、これに尽きる。

敵が接近する前に、弓を雨のように振らせて仕留める。もしくは勢いを弱める。いわば数の暴力で敵を射すくめるのが仕事なのだ。

当然、弓足軽が一斉に矢を放つため、誰の矢がどの敵に当たったかなどわかるはずもない。

「下がれっ」

さらに弓足軽は、技を求められる役目であるため、弓矢の出番が終わる接近戦になると後ろに下がらされる。弓を放って当てられる技能は、一種特殊な才であるため保護されることになる。

一応、弓の先に取り付けて簡易な槍として使う穂先は持っているが、そのようなものが役に立つはずもなかった。弓足軽が、それを使って戦うようなれば、もう戦はほぼ負けである。

結果、徳川家康の天下取りに先祖は寄与したが、目立った手柄はたてられなかった。それだけならば、まだ射貫家はお先手弓組の同心として三十俵から五十俵もらえていただろう。それが駄目になったのは、初代以降、まったく弓の才を持っていなかった者が続いたからであった。

弓の当たらない弓組同心など笑い話でしかない。結果、射貫家は弓足軽を外され、小者落ちしてしまった。

その射貫家に再興の望みが出てきた。

大伍が興奮するのも当然であった。

「一期《いちご》の夢。なんとしても現実《もの》にしてみしょうぞ」

ぐっと大伍が肚をくくった。

小人目付は探索もおこなう。隠密御用とは言えないが、目付の命で大名領へ出向くこともある。場合によっては、城へ忍びこんで密書や帳簿を奪って来いと言われるときもあった。

戦国のころと違い、泰平の世が続いている。城の守りも薄いし、人手も少ない。忍びこむのは難しい話ではなくなっている。とはいえ、無人の野ではない。昼間は役を務める藩士が城中には溢《あふ》れているし、夜は夜で宿直番がいる。

それらに見つかることなく、目的のものを手にして、気づかれぬように脱出しなければならないのだ。

たとえ将軍の直命を受けての隠密であっても、見つかれば殺される。どこからも助けの手はでない。ましてや目付の指示とあれば、その藩になにかしらの疑義があるという証拠になる。その証拠を握られれば、藩が潰されるかも知れない。当然、藩は総力を挙げて、隠密となった小人目付を捕らえようとする。いや、討ち果たそうとする。

まさに隠密御用は命がけであった。

江戸を離れたところでの死亡は手柄ではなく、失策になる。

「そのような者は配下におらぬ」

隠密を送られた藩からの苦情に、目付は応じない。そして、証拠隠滅とばかりに小人目付の家を潰す。なかったものとすることで、かかわりがないと見せる。

失敗すればそうなるとわかっているだけに、小人目付は慎重になった。

「城への出入りはここから。城下を抜ける道筋はこう取る。領地からこうやって出る」

退路の確保はとくに重要になる。

だが、退路以上に大事なものがあった。

目的のものの保管されている場所であった。

忍びこんだはいいが、狙いのものがどこにあるのかわからず、あちこちを探るのは下の下、ときもかかるし、物音もする。見つかる可能性が格段にあがる。

まともな隠密、役目を果たして帰還できる隠密は、こういった下調べをきっちりできる者であった。

「御用の間の場所を確認せねば動けぬな」

出世できるという興奮のまま、江戸城の中奥へ忍びこむほど大伍は馬鹿ではなかった。

「だが、小人目付は中奥へ入れぬ」

登城さえ許されぬ軽輩である。実地検分は無理であった。

「となると、中奥のことを知る者から聞き出すか」

大伍が独りごちた。

「中奥の奥まで足を踏み入れられるのは、小姓、小納戸、お城坊主、奥医師あたり……」

ざっと中奥に出入りできる役目を思い出す。

「小姓は小人目付では声もかけられぬ。小納戸も口は硬い」

小納戸は五百石内外の旗本が自薦して、役目に就く。身分は低いが、将軍の身の回りの世話をするだけに目に留まりやすく、出世も約束されている。

五代将軍綱吉の寵臣柳沢吉保《やなぎさわよしやす》、十代将軍家治の腹心田沼意次のどちらも小納戸からの引きあげで側役、大老格へと立身した。

それだけに口は硬い。

「坊主は金がかかる」

お城坊主は城中のどこにでも入ることができた。ただ、金に汚い。金なしではいっさい動かないとわかっていた。

「長屋ごと逆さに振っても、小銭しか出ぬ小人目付には無理な話だ」

さっさと大伍はお城坊主の線を捨てた。

「奥医師も無理だろうな」

将軍とその家族を診《み》る奥医師は気位《きぐらい》が高い。そしてお城坊主ほどではないが、金に執着がある。

「となると……」

大伍は他人伝手《ひとづて》での情報入手を諦めた。

「残るは一つか」

鋭く大伍が目を光らせた。

「江戸城の修復を手がけた大工方棟梁《とうりょう》の甲良筑前守《こうらちくぜんのかみ》。そこになら江戸城の図面があるはずだ」

大伍が口にした。

「甲良家の屋敷はたしか市ヶ谷《いちがや》だったはず。少し遠いな」

市ヶ谷は深川から江戸城を挟んで反対側とまではいわないが、かなり遠い。

「まずは下見よな」

思いついたその足で、大伍は長屋を出た。

市ヶ谷は御三家の尾張家の屋敷などもある武家町である。そのなかに市ヶ谷甲良屋敷はあった。

「小さいな」

周囲が大大名ばかりというのもあってか、甲良家の屋敷は遠慮がちに建っているように見えた。

「……不釣り合いに過ぎるの」

周囲にそぐわぬ甲良家の屋敷に大伍は違和感を覚えた。

「訊いてみるか」

大伍は、近隣の屋敷を見回した。

「掃除の者がおるな」

中間《ちゅうげん》のような法被《はっぴ》を着た尻端折りの男が、竹箒《たけぼうき》を持って屋敷前の辻を掃《は》いていた。

「すまぬが、ちとものを尋ねたい」

大伍が中間に声をかけた。

「なんじゃい……これは失礼を」

振り向いた中間が武士から声をかけられたとわかって、うろたえた。

「いや、背後から不意に声をかけたこちらが悪いのだ。気にせんでくれ」

「ありがとう存じます。ところで、御用は」

一度頭を下げた中間が、さっさと離れたいといわんばかりに用件を問うてきた。

「あそこの甲良どのが屋敷だがな。あそこに甲良どのはお住まいか」

「ああ、甲良屋敷でございますか。甲良さまはあそこにおられませんよ。あそこは甲良さまの配下である大工や左官たちへの手当を稼ぐための貸し屋敷でございますよ」

大伍の質問に中間が答えた。

「さようであったか。甲良どのにお目にかかりたくて参ったのだが、こちらにおられぬとなると……」

最後を濁《にご》しながら、大伍は中間を見た。

「甲良さまなら、たしか深川六間堀《ろっけんぼり》に新しくお屋敷を建てられて、そちらにおられると聞きました」

「深川六間堀か。いや、助かった。邪魔をしたな」

大伍は中間に礼を言って、離れた。

「やれ、近所ではないか。無駄足をした」

口のなかで大伍がぼやいた。

四

甲良家はもともと京の宮大工であった。

初代甲良宗広《むねひろ》が五摂家の筆頭近衛《このえ》家の屋敷を造るときに、その技を振るったことで従六位左衛門 尉《さえもんのじょう》に任じられ、名をはせた。その後、慶長伏見大地震で被害を受けた伏見城の修復に尽力し、徳川家康へ目通りをした。

この縁で甲良家は江戸へ召し出され、御作事《ごさくじ》掛大工方に任じられた。

江戸へ出てから三十余年、三代目甲良豊前 守宗賀《ぶぜんのかみむねよし》が日光東照宮修繕をおこない、褒美として市ヶ谷の屋敷と切米百俵をもらった。

普請奉行の配下大工方棟梁として、江戸城、寛永寺、日光東照宮などの修繕を指揮するのが役目である。

「六間堀に来たが……」

大伍が辺りを見回した。

片川から小名木川へと続く運河が町のなかを割るように流れている。その幅が六間（約十一メートル）あることから、その名が付けられた。

小名木川側から六間堀を遡《さかのぼ》るようにして、大伍は甲良屋敷を探した。

「あれか」

深川六間堀は、紀州家の拝領屋敷、浜松藩井上河内守《いのうえかわちのかみ》の中屋敷を除けば、千石内外の旗本屋敷と町屋が混在していた。

そのなかにやはり目立たぬように甲良屋敷はあった。

「六百坪ほどあるか」

屋敷を一周すれば、その大きさはわかる。

「母屋と蔵、子飼いの職人の長屋……」

次に大伍は、隣家の塀の上に跳びあがって、甲良家の屋敷配置を確認した。

「図面が収められているのは、おそらく蔵」

幕府普請奉行大工方棟梁という役目柄、もっとも大事なのは江戸城の図面になる。

火事の多い江戸で、目張りもできない屋敷に貴重品を置くことはあり得なかった。まして や、江戸城の図面である。火事で失いましたなどと言おうものならば、甲良家は大工方棟梁の職を解かれる。武士身分ではないので切腹はないが、それでも江戸追放くらいはある。

「蔵は三つ……そのどれかだが」

隣屋敷の庭木を隠れ蓑《みの》代わりに使いながら、大伍が悩んだ。

「もっとも小さいあれか。大きな蔵に挟まれるようになっている。あれで左右からの火を防ぐのだろうな」

大伍は当たりを付けた。

「あとは夜か」

いくらなんでも昼日中に忍びこんで、蔵を探っていては見つかる。大伍は、一度六間堀から離れた。

武家には門限がある。基本として日が暮れるまでに屋敷に戻らないと、咎めを受ける。しかし、監察役である小人目付に門限は適応されなかった。

「お役目で出る」

「ご苦労でござる」

日が暮れてから堂々と大伍は組屋敷の潜り門を通った。門番代わりの小者も、なにも訊かずに送り出す。

組屋敷を少し離れたところで、大伍は小袖を裏返した。

豊かでない小人目付に、忍《しのび》用の衣装を仕立てるだけの金はない。そこで普段遣いの小袖の裏地を暗いねずみ色にすることで、忍装束としていた。

「…………」

深川から本所《ほんじょ》は、岡場所や呑み屋台が多い。そのためか、夜遅くまで人通りがある。

「酒も入った、そろそろ遊女のもとへ行こうぞ」

「そうじゃの」

役目のない御家人にすることはない。そのためか、家禄を全部酒と遊女に費やす者が結構いた。

「今日こそ、目が出る頃合いじゃ」

「いつもの賭場か。あそこはどうも験《げん》が悪い」

博打も表沙汰《おもてざた》にできない。賭場へ行くのも他人目を避けなければならず、動き出すのは日が落ちてからになる。

そういった連中に気づかれることなく、大伍は六間堀へ着いた。

しばらく物陰に潜んで、様子を窺う。

「……大工方棟梁とはいえ、やることは同じよな」

甲良屋敷の表門は固く閉まっているが、隣の潜り門から出入りする職人の姿があった。いや、潜り門は閂《かんぬき》さえかけておらず、自在に開け閉めがなされている。当然、門番もいなかった。

「緩んでいるな」

大伍は甲良家の規律が崩れていることにあきれた。

「まあ、金があるわけでもないからの」

甲良家は幕府から切米百俵と五代宗利《むねとし》の時代に、十人扶持をもらっている。他に貸し地所の収入も持っているが、幕府からの要請にこたえるだけの腕を持つ職人を抱えている。

当たり前のことだが、腕のいい職人は給金も高い。しかも役目柄仕事がいつ命じられるかわからないのだ。

「寛永寺の本堂屋根の傷《いた》みを修復いたせ」

「江戸城本丸御殿の縁側を交換いたせ」

普請奉行からの下命は、前触れがない。

そのうえ、ただちに仕事にかからなければならないのだ。そんなときに腕利きの職人が出稼ぎなどに行っていれば、手が足りなくなる。

「御上御用をなんと心得る」

人手不足を口にしようものならば、普請奉行から厳しい叱責を喰らうことになった。

「扶持米の意味をわかっておらぬならば、取りあげてもよいのだぞ」

普請奉行としても、役目の成否にかかわることだけにうるさい。御用の成否は普請奉行から長崎奉行などを経て勘定奉行への出世を狙っている夢が潰《つい》えるか叶《かな》うかの大きな要因になる。

甲良家としては、無駄金とわかっていながら、腕利きの職人を遊ばせておくことになる。

「暇だの」

「なあに、待機は昼間だけのことよ」

遊んでいても生活はできる。さすがに仕事もせずに金はもらえないが、住むところと食いものは保証されている。そのうえ目こぼしという理由で仕事を受けることは認められているのだ。もちろん、職人全員がいなくなるわけにはいかないため交代制だが、天下に名だたる職人として大名や、豪商から高額の手当で仕事を頼まれる。

暇と金があれば、大概の男は酒、女、博打に走る。とくに職人のように日払いで賃金をもらう者はその傾向が強い。

今手持ちの金を全部遣っても、明日働けば、夕方には日当が入る。

甲良屋敷に囲われている職人たちも、この悪癖にしっかり染まっていた。

「そろそろいいか」

夜遊びに出ていくのも時分時《じぶんどき》というものがあった。

とくに女遊びは出遅れると、目当ての妓《こ》が他の男に取られてしまいかねない。さらに病ともいわれる酒好き博打好きは我慢がきかなかった。

ひとしきり人の出入りを見張っていた大伍が動き出した。

大名屋敷が軒を並べているところには、かならず辻灯籠《どうろう》があり、辻番がいる。しかし、安寧《あんねい》が長く続くと緊張は解ける。辻灯籠の油はつぎ足されることなく、辻番が屋敷の前に立って立番をすることもなくなった。

大伍はそれでも陰から陰へと伝わりながら、甲良屋敷に近づいた。

「…………」

息を殺し、耳を澄《す》ませて気配を探る。

目に見える範囲に人がいないことはわかっている。なれど塀の裏側に誰かがいる可能性はあった。

「……よし」

感に触るものがなかったことを確認した大伍が、甲良屋敷の塀に手をかけた。

塀の高さは一間（約一・八メートル）ほどしかない。片手をかけただけで、大伍は身体を塀の上へ持ちあげた。

「おらぬ」

夜回りはもとより、見張り番の姿もない。

すっと大伍は塀のなかへと入りこんだ。

「鍵は……さすがにかかっているか」

音もなく蔵の前に至った大伍が、錠前に触れて苦笑した。

「力ずくというわけにはいかぬ」

錠前を手に大伍が悩んだ。

どれほど頑丈な鍵でも鏨《たがね》と槌《つち》を使えば壊れる。言うまでもないが、大きな音を立てるために忍びこんでいる今は使えない手であった。

「南蛮《なんばん》錠前だな」

昔からの鍵と違い、新しい南蛮錠前は開けるのがややこしい。

「二カ所か」

わずかな月明かりのなか、大伍は錠前の形状を確認した。

「…………」

のんびり鍵を見ている余裕はない。

懐から小さな金属の棒を取り出すと鍵穴に突っこみ、小さく動かし始めた。

「……ここだな」

小さな手応えに大伍がにやりと笑った。

棒をひねると手のなかに音が響いて、鍵が外れた。

「あと一つ」

残ったもう一つの鍵穴も大伍は攻略した。

隠密御用は大名の城へ忍び入ることもある。鍵なども開け慣れていなければ、お役に立てない。

幕府の目付部屋の二階、資料や書付などを置いてある小部屋の一つに鍵の現物が並べられている。目付の許可を取れば、小人目付もそこを利用できた。いや、修業させられた。

「やれ、鍵の開く音がしても誰も気づかぬかあ」

大伍があきれを通りこした。

「金のないところに入りこむ盗賊はおらぬか」

武家の蔵も弓や鉄炮《てっぽう》、先祖伝来の宝物くらいしか入っていなかった。足のつかない金はまずなかった。そんなところに入りこんでも、苦労大にして得るもの少なしである。それなら、こぢんまりした奉公人もいなさそうな商家を襲っているほうが金になる。

「江戸城の絵図面を盗みに入る者などおらぬわなあ。慶安の由井正雪ならば、なんとしても欲しいと思ったであろうが」

慶安の由井正雪とは、三代将軍家光の死で動揺した幕府を倒すため、牢人を糾合して謀反を起こした軍学者であった。決行の寸前、弟子に裏切られて訴人され、計画はならなかったが、由井正雪は江戸城へ入りこんで老中と四代将軍家綱を捕まえようとしていたとされる。そのためには城中の地理を把握していなければならず、ここに絵図面があると知っていたら、まちがいなく襲いに来たはずであった。

「重い」

蔵の扉を開けようとした大伍が、その重さに驚いた。

「漆喰《しっくい》が何重にも重ねられているだけでなく、さらに鉄板が仕込まれている。火事への対策は十二分にされているな」

大伍が扉の厚さを見て感心した。

「ちっ。中戸にも鍵か」

蔵の扉を開けると、もう一つ格子戸があった。蔵の風入れのために使われるもので、扉を開け放していても、ここを閉めておけば、人の出入りは防げた。

「……ふん」

中戸は防犯としての意味合いは少ない。そもそも風入れのときは扉を開け放して、蔵の湿気を追い出しているのだ。かならず番人が付く。

鍵というには甘い錠を外し、あっさりと大伍は中戸を開けた。

「…………」

なかへ入る前に、大伍は蔵のなかを見まわした。

わずかな月明かりで、おおよその位置を把握しておくためであった。

火事への防備を第一としている蔵には窓がない。見つかりにくいように扉を閉めてしまえば、なかは漆黒の闇になる。

もちろん、火縄を持っては来ているし、小さな蠟燭《ろうそく》も用意している。しかし、どのあたりに何があるかを知っていないと端から順に探して回ることになってしまい、無駄にときを喰うことになってしまう。

「御上のお城だ。下には置けまい」

絵図面とはいえ、幕府からの預かりものである。神棚に祭りあげることはないが、他の絵図面の下にはできなかった。

かといって、ゆっくりと見ているわけにもいかなかった。いくらのんびりしているとはいえ、夜中に蔵の扉が開いていては異変に気づかれる。

「あれか、あちらか」

ざっくりと見て、おおむねのあたりを大伍は付けた。

「左右の棚、最上段」

大伍は扉を閉めた。途端に漆黒に包まれる。

「……………」

火縄を取り出した大伍は、それを振り回すことによってできるわずかな灯りを使って、まず右の棚へ取り付いた。

最上段の箱を下へ降ろし、厳重に包まれている油紙を解く。

「火縄では字が読めぬ」

大伍は懐から蠟燭を出し、火縄の火を移した。

「寛永寺本殿修復……違う」

油紙に包まれていた桐箱に書かれている文字を読んだ大伍が首を横に振った。

「となるとあちらか」

手早く寛永寺修復の絵図面をもとのように包みなおすと棚のうえへと戻した大伍は、

反対側へと手を伸ばした。

「……これだ」

次に降ろしたのが目的のものであった。

「多いぞ」

絵図面は何部冊にも分かれていた。

「どれだ……」

幸い、冊子の上にはなかに描かれている絵図面の名前が書かれていた。

「地絵図……違う。屋根水取り図……これも違う」

大伍は蠟燭で題名を判別しては、違うのを横へ除《よ》けていった。

「……御小屋配置図、これだ」

少しなかを見た大伍が、蠟燭を床に固定すると御小屋配置図をめくり始めた。

「御座の間、この先にあるはず……お休息の間、御囲炉裏《おいろり》の間、あった御用の間」

大伍が目的のものを探しあてた。

「しかし、これでは御用の間の位置がわからぬ。お休息の間よりも奥だというのはわかったが……」

冊子を置いて大伍が眉間にしわを寄せた。

「全体図はないのか……」

大伍が考えこんだ。

「ここにはない。たしかに一つ一つの建物や土台はわかるが、全体を把握できなければ、修繕もできまい」

もう一度桐箱をあらためた大伍が首を左右に振った。

「………」

どちらにしろ蔵に人が入りこんだという証拠を残すわけにはいかない。大伍は桐箱を元通りに戻し、棚へ返そうとした。

「……これは」

屏風《びょうぶ》を仕舞ってあるのかと思わせる大きく平たい箱が目に付いた。

「お、重いな」

屏風一双《いっそう》でもかなりある。そもそも小人目付の家に屏風などない。予想していた以上の重みに大伍が驚いた。

「落とせぬぞ」

震える腕に力を入れて大伍が箱を降ろした。

「……畳絵図……畳」

怪訝な顔で蓋《ふた》を開けた大伍の目に、朱と墨の線が入った。

「おおっ」

紙を広げた大伍が、歓喜の声を漏らした。

「表御殿全体の絵図面だ。ありがたし……御用の間はどこにある」

大伍が蠟燭の蠟を垂らさないように気を付けながら、灯りを動かした。

「……御座の間、お休息の間……ここか」

やっと大伍は見つけ出した。

「ここまで見つからずに来いだと……無茶な」

まさに江戸城中奥の最奥になる。どれだけの警固があるか、少し考えただけでもわかる。

「どうするか」

大伍は絵図面に見入った。

「……ここはなんだ。この形は階段らしいが、御用の間に隣接する庭だろう。東屋《あずまや》も離れ座敷も描かれておらぬ。まさかっ、抜け穴」

思い当たった大伍が絶句した。

「本当にあったのか」

江戸城には万一のときの抜け穴があるとの噂は古くからあった。ただ、どこにあるというのは知られていなかった。

「……これを利用するしかなさそうだ」

入り口があれば出口がある。抜け穴も同じであった。

「おそらく、抜け道の出口は、ここ」

大伍が江戸城の退き口山里曲輪《やまざとくるわ》を指差した。

第三章　政争の勝者

一

老中松平越中守定信は御用部屋で、配下からあげられてくる書付《かきつけ》の処理を行っていた。

「越中守さま」

老中一人に一人ずつ書付の清書と前例の確認をおこなう奥右筆《おくゆうひつ》が配されている。

「なんじゃ」

書付に集中していた松平定信がうっとうしそうに応じた。

「勘定方を通じて、金座《きんざ》の後藤《ごとう》より、小判打ち直しについての嘆願が出ておりまする」

「小判打ち直しだと」

松平定信が怪訝な顔をした。

「はい。小判は通用している間に、目減りいたしまする。その目減りの激しいものを回収、溶《と》かして、新たに造り直すのでございまする」

奥右筆は、幕政全般の書付を扱うため、いろいろなことを知っていなければ務まらない。

「どれくらい目減りをいたす」

「申しわけございませぬ。そこまでは存じておりませぬ」

奥右筆の知識は広く浅くであることが多い。奥右筆が首を横に振った。

「誰ならばわかる。勘定奉行か」

松平定信が奥右筆に続けて問うた。

「勘定奉行さまは些事までご存じないかと。お問い合わせになるのならば、勘定方の金座改《あらためやく》役がよろしいかと存じまする」

奥右筆が答えた。

「金座改役……その者を呼び出せ」

「わかりましてございまする。お坊主どの」

一礼して松平定信の指図を受けた奥右筆が、御用部屋の出入り口近くで控えている御用部屋坊主を呼んだ。

お城坊主のなかでもとくに気遣いができるあるいは優秀な者が、選ばれて御用部屋坊主となる。別段手当が増えるわけでも、扶持が加えられるわけでもないが、老中と親しく話ができる。場合によっては政に影響を及ぼせる。また、御用部屋に籠《こ》もっている老中たちへの面会も仕切っている。

「そのような御用では、とても御老中さまにお取り次ぎできませぬ」

御用部屋坊主に拒まれれば、若年寄や勘定奉行、町奉行でも老中との面会は叶わなくなった。

「よしなにの」

当然、老中に用のある役人たちからの気遣いがもらえた。

それこそ、本禄の数倍になるほどの付け届けが来るのだ。まさにお城坊主垂涎《すいぜん》の役目であった。

「ただちに」

さほど広くもない御用部屋である。耳をそばだてずとも松平定信の声くらいは聞こえている。

すぐに御用部屋坊主が動いた。

「……………」

呼び出すといっても広大な江戸城だけに、多少の時間はかかる。松平定信が途中になっていた書付に目を戻した。

「多聞《たもん》」

書付を読みながら松平定信が、奥右筆に声をかけた。

「はっ」

多聞と呼ばれた奥右筆が応じた。

「他になにかあるか」

松平定信が小声で訊いた。

「噂ではございますが、上様が毎日のようにお休息の間から奥へとお運びだとか」

奥右筆も声を潜めた。

「奥……大奥か」

中奥の奥に大奥への出入り口となるお鈴《すず》廊下があった。松平定信がそう考えたのも無理はない。

「いえ、昼間のことで大奥へ出入りはなさっておられないようで」

「大奥ではないとなれば、どこだ」

否定する奥右筆に松平定信が首をかしげた。

「中奥から大奥の間で、上様とかかわる場所といえば、茶室か御用の間くらいでございまする」

奥右筆が述べた。

「御用の間……初めて聞くの」

松平定信が怪訝な顔を見せた。

「お休息の間から上のお鈴廊下に至る途中にある小部屋でございまする。御用という名前が付いていることからもわかりますように、将軍家がお使いになるとされておりまする」

「なにに使われる」

「それは知りませぬ」

問われた奥右筆がわからないと告げた。

「それはいかぬの。どのようなところか、調べねばならぬ。幕政を預かる執政が、知らぬところなどあってはならぬ」

すっと松平定信が腰をあげた。

「越中守さま、お待ちを。お休息の間より奥は、小姓と小納戸、御側御用取次、側用人以外の立ち入りを禁じられておりまする」

奥右筆が止めた。

「いや。老中はすべてを知っておらねばならぬ」

松平定信が制止を振り切って御用部屋を出た。

「どちらに」

御用部屋の前で控えていた御用部屋坊主が、松平定信の姿にあわてた。

「よい。余一人で大事ない」

松平定信が供をしようとする御用部屋坊主を残して、中奥へと向かった。

江戸城本丸は大きく三つに分かれていた。

政をなす表、将軍の居住地の中奥、そして大奥である。

老中は幕府最高の役職ではあるが、その権は表御殿でのみ通用する。中奥、大奥では、老中といえども将軍の家臣でしかなかった。

「どちらへ行かれる」

お休息の間を左に見ながら、御用の間へ行こうとした松平定信が咎められた。

「御用である」

こういえば、役人は全員畏れ入る。

「許されぬ」

制止をかけた小姓番が首を横に振った。

「ここから先は、上様のお許しなしでは、何人《なんぴと》たりとても足を踏み入れることはできませぬ」

小姓番が松平定信の前にまわって手を広げた。

「きさま、御用を邪魔するか」

松平定信が怒りを見せた。

「いかように仰せられようとも、お通しできませぬ」

小姓番は抵抗した。

「そなた名は」

老中が小姓番の名前を訊く。もちろん優秀な者を引きあげるために名を問うことはある。だが、今回は違った。これは通さなければ、後で咎め立てるぞという脅迫であった。

「名乗るのはよろしゅうございますが、後で上様へお知らせいたしまするが、よろしいのでございますな」

そっちが脅すならば、こちらも脅し返すと小姓番が反論した。

「むっ」

松平定信が詰まった。

「一つ訊く。そなたはこの奥になにがあるかを存じおるのか」

「お役目柄、存じております る」

小姓番が首肯した。

「御用の間というのがあるというが、どのようなものか」

「四畳半ほどの小部屋でございまする」

「……四畳半、ずいぶんと狭いの」

松平定信が驚いた。

「そこでなにがある」

「わかりませぬ」

さらに問うた松平定信に、小姓番が首を横に振った。

「隠すか」

「いえ。上様が奥へお見えのとき、我らではなく小笠原若狭守さまをお連れになられますゆえ」

問い詰めた松平定信に小姓番が答えた。

「御側御用取次……か」

松平定信が苦い顔をした。

御側御用取次はまさに将軍に仕える側近である。老中といえども遠慮しなければならないだけの権勢を持っていた。

「御用部屋のなかになにがあるかは……」

「いいえ」

小姓番が知らないと応じた。

「ふむ。御用部屋の掃除は誰がしておる」

いかに出入りが厳格であろうとも、部屋は掃除をしなければならない。まさか、御側御用取次が掃除をするはずもない。

松平定信の質問はいいところを突いていた。

「小姓番ではございませぬ」

訊かれた小姓番が首をかしげた。

小姓番は名門旗本から出るのが基本とされている。掃除などという雑用をすることはないし、そのような雑事に気を回すはずもなかった。

「となると小納戸か、お城坊主か」

松平定信が考えこんだ。

「越中守さま」

小姓番が松平定信に声をかけた。

「どうした」

「御用部屋坊主が、あちらに」

小姓番が松平定信の後ろを示した。

「……御用部屋坊主だと」

教えられた松平定信が後ろを見た。

「あやつか。やむを得ぬ」

すっと松平定信が踵《きびす》を返した。

「………………」

「ああ」

老中との遣《や》り合いにくたびれていた小姓番が安堵の息を吐くのと合わせたように、松平定信が顔だけで振り向いた。

「御用部屋の掃除をいたす者を調べておくように」

「承知いたしましてございまする」

これ以上敵対するのはまずい。禁足地への侵入を止めたことで役目は果たしている。掃除を誰がしているかくらいは別段、機密でもない。

小姓が引き受けた。

「お話し中にお邪魔をいたしました」

御用部屋坊主が近づいてきた松平定信に詫びた。

「かまわぬ。余が頼んだことじゃ」

気にするなと松平定信が手を振った。

「どこにおる」

「あちらに」

松平定信に問われた御用部屋坊主が目を向けた。

「あれか」

御用部屋前の入り側という畳廊下に平伏している金座改方へ松平定信が近づいた。

「松平越中守である」

「畏れ入りまする。金座改役を承っておりまする川瀬頼母《かわせたのも》と申しまする」

名乗られた金座改役が、一層恐縮した。

「そなたを呼び出したのは、金座から出された小判打ち直し願いについてである」

「わたくしでわかりますことでございましたら」

川瀬頼母と名乗った金座改役が応じた。

「小判というのは目減りいたすものか」

「いたしまする。金は柔らかいものでございますれば、人から人へ渡るうちに小判同士、あるいは他の分銀や銭とぶつかり、擦《こす》れ合うたびに少しずつ減りまする」

「打ち直しするほど減るのか」

「さすがに数年で目立つほどは減りませぬが、町人のなかには不心得者がおりまして、小判の四隅をやすりで削って金の粉を集めるなどされれば、あっという間に欠けまする」

「なんと、そのような者がおるのか。御上通用の金を削るなど……それを見逃しておるのか」

松平定信が憤《いきどお》った。

「もちろん、これは大罪でございまする。町奉行所が見回っておりまするが、なにぶんにも他人目のないところで隠れておこないますゆえ」

言いわけするような振りで川瀬頼母が、しっかりと責任を町奉行へと押しつけた。

「ふむ。のちほど町奉行に厳しくいたすよう申し付けねばならぬ」

松平定信がうなずいた。

「他にお問い合わせはございませぬか」

「いや、小判の目減りについてはわかった。そのうえで問う。目減りした小判はどのような歩合で新小判になる」

尋ねた川瀬頼母に松平定信が本来の質問をした。

「目減りいたしました小判の数に寄りまするが、おおむね十枚が八枚になるかと」

「八割か。二割も損耗《そんこう》していているとは」

松平定信が驚愕した。

「これは御上の財政が減っているも同じである。とても見過ごせぬ」

施政者として見過ごせないと松平定信が表情を引き締めた。

二

甲良屋敷の蔵で確認した江戸城の絵図面を大伍は思い出しつつ模写していた。

「さすがに盗んでくるわけにはいかぬとはいえ、面倒な」

大伍は必死で絵図面を書いた。

「お休息の間から大奥までは……」

肝心のところを大伍は何度も見直した。

「中之口から奥へ進むのはまずいな。新番組番所をどうやって抜けるかだな」

大伍が腕を組んだ。

もともと中奥と表の境目にあった御座の間が将軍の居室であった。しかし、そのすぐ隣の御用部屋前で刃傷《にんじょう》があった。これが将軍居室を中奥の奥へと移すことになった。さらにお休息の間へ至るまでの廊下に新番所を設け、あらたに作られた新番組が胡《う》乱《ろん》な者が通るのを見張っている。

「初見の吾《われ》が通れるとは思えぬ」

新番所は小姓番や小納戸、側役、御側御用取次など、常に将軍の側にある者はもちろん、老中や若年寄などは素通りさせる。

だが、見たこともない者は決して許されなかった。

「伊賀者は大奥に詰めているが、お庭番は御駕籠台に控えている」

御駕籠台は将軍が出かけるときに、駕籠に乗る場所でお休息の間からも近い。新番所を避けて書院の縁側を利用するには、お庭番が邪魔になる。

「……やはり正攻法は無理だな」

正面からの突破をもう一度検討した大伍があきらめた。

「となると」

御用の間が目の前に来るように、大伍は絵図面を動かした。

「やはり、ここを使うしかないが……」

大伍が指さしたそこは、御用の間の横にある階段であった。

「実際にあるとは思ってもみなかったが、あったのだな。抜け道」

小さく大伍が首を横に振った。

江戸城には万一に備えての抜け道があるという噂は根強くあった。

徳川にとってその足下を揺るがす敵は、島津《しまづ》に代表される西国の外様《とざま》大名、百万石の前田《まえだ》家、仙台の伊達家であった。

西国からの敵には箱根関《はこねのせき》、前田には碓氷関《うすいのせき》、伊達には白河関《しらかわのせき》が立ちはだかるが、それを抜かれたとき、江戸城は危機に瀕する。

こうなったとき、将軍を逃がし再起を期すための抜け道があるとずっと言われ続けてきた。

「……やはり山里曲輪へと繋がっていると考えるしかない」

思い出しながら絵図面を描いていくと抜け道からは江戸城の退き口として知られている山里曲輪口が近い。

「逆をたどればすんなり、御用部屋付近まで行けるが……」

大伍が難しい顔をした。

「山里曲輪伊賀者の目をどうやって盗むか」

腕を組んで大伍が悩んだ。

山里曲輪は、江戸城退き口とされており、そのまま甲州街道へと続いている。抜け道に繋がっているということからもわかるように、他の門のように開かれてはいなかった。

山里曲輪には伊賀者の番所があり、厳重に出入りを監視していた。山里曲輪伊賀者は、定員九人、三十俵二人扶持と少ないながら、任が任だけにかなりの腕利きであった。

「九人が三交代だとして、日勤が三人……」

番士は基本として、日勤、宿直、非番を繰り返す。九人を三交代で割ると三人になる。

「三人では不足だろう。二交代か。それでも四人……となると全員が詰めていると考えるしかなさそうだ」

大伍は一人で考え、一人で否定した。

「山里曲輪についてまずは調べるか」

他の手立てはないと大伍が独りごちた。

小人目付には、目付部屋に置かれている資料を閲覧することが許されていた。もちろん目付に届け出て許可をもらわねばならないが、隠密というお役目の都合上なんのために資料が要るかを告げなくともいい。

「……………」

資料は目付部屋の二階にまとめられている。

大伍は許しを得て、目付部屋の二階にあがった。

「これだな」

山里曲輪について記したものはすぐに見つかった。

「禁通行除く御庭方、黒鍬《くろくわ》、奥向衆《おくむきしゅう》、鷹匠《たかじょう》」

大伍が資料を読んだ。

「御庭方は吹上《ふきあげ》奉行の配下で、庭の手入れをおこなう者。黒鍬は目付配下の中間同様。奥向衆は大奥に仕える女中のこと。鷹匠は将軍家鷹狩りを差配し、鷹の飼育、訓練をする旗本で定員は四十人ほど。一貫しておらぬな」

身分もばらばらであった。鷹匠は目見え以上の旗本役、黒鍬者は小者の扱い、庭方も小者に近い御家人、そして奥向衆は将軍の雑用をなす旗本、そして女中であった。

「女中は無理だが、他の者には扮せるな」

大伍が呟いた。

「鷹匠も難しいな。鷹を連れてはいないし、餌を獲るにしても道具立てが要る」

将軍家の鷹の餌は、生きている雀などの野鳥であった。死なせてしまうと鷹の食いが悪くなるため、生きたまま捕らえなければならず、そのほとんどは先に鳥黐《とりもち》をつけた竹竿を使う。竹竿などいくらでも手に入るが、使い方がわからなかった。

「……御庭方の場合はお仕着せを身につけなければならない」

庭方はねずみ色の作務衣《さむえ》のような服を身につけている。また、仕事柄一人で出入りすることはまずなかった。

「となると、黒鍬者に扮するしかないか」

同じ目付の配下だというのもあり、大伍は黒鍬者のことをよく知っていた。

黒鍬者は士分ではないが、一応姓を持っているため小者でもないという不思議な境遇であった。身分を受け継げる三河以来の譜代と一代かぎりの抱え席、それぞれ二組に分かれている。

屋敷は大伍と同じく組長屋であり、食禄は十二俵一人扶持、運がよければ小人から小人目付へと出世した。

「黒鍬の羽織を借りて、忍ぶか」

大伍は方針を固めた。


黒鍬者は、掃除の者、小人などとともに千駄ヶ谷の組屋敷に住んでいた。

「邪魔をするぞ」

顔なじみの黒鍬者を大伍は訪れた。

「どちらさま……これは射貫さま」

黒鍬者に玄関は許されていない。板戸を開けたところから組長屋となった。

「これは佐久良《さくら》どのか。いささかお願いいたしたいことがあってな」

迎えに出たのはこの黒鍬者の娘で、大伍とも顔なじみであった。

「しばしお待ちを」

佐久良が大伍を残して、家の奥へと入った。

黒鍬者の長屋は大伍たち小人目付のものよりさらに一間少なく、とても客を招くだけの余裕はなかった。

「お待たせをいたしましてございまする」

待つほどもない。歩けば十歩ほどもない。すぐにこの家の主が現れた。

「森藤《もりふじ》どの、急に申しわけない」

大伍が一礼した。

「いや、それはお気になさらずともよろしゅうござる」

「かたじけなし」

頭を大伍があげた。

黒鍬者は正式な場で姓を名乗ることが許されていなかった。これも武士ではないという表れであった。

「じつはお願いがあって」

「なんでござろう」

森藤が首をかしげた。

「お仕着せを一日お借りいたしたく」

「黒鍬のお仕着せでございますか。よろしゅうござる」

簡単に森藤が首肯した。

「しばしお待ちを。佐久良」

「はい」

襖の陰から佐久良が顔を出した。

「射貫さまにお仕着せを一式お貸しすることになった。儂《わし》の着替えを出してくれ」

「すぐに」

佐久良が引っこみ、しばらくして風呂敷包みを持って来た。

「どうぞ」

「ありがとう。お借りいたす」

大伍が礼を言って、風呂敷包みを受け取った。

「着方はご存じでござろう」

「存じておりまする」

森藤の確認に大伍がうなずいた。

「ああ、一つだけご注意を」

思い出したように森藤が口を開いた。

「髷《まげ》を変えることをお忘れないよう」

「たしかにさようでございました」

大伍が感謝の意を見せた。身分は髪型にも出た。

「では、拙者はこれで。佐久良、射貫さまをお送りせよ」

「はい」

佐久良が父の指示にうれしそうにした。

黒鍬者の譜代と一代限りの新参の間には壁があり、決して交わることはなかった。組長屋も譜代と新参で別にされている。といったところで組屋敷は千駄ヶ谷にまとめられていた。

森藤の家は譜代で、代々黒鍬者をしている。譜代でまとまった長屋群から出た二人は、組屋敷の門へと歩んだ。

「またお役目でございますか」

半歩後ろに従う佐久良が問うた。

「詳細は言えぬが……」

小人目付の役目は目付から言い渡される。今回は御側御用取次の小笠原若狭守からのものであるため御用と言い切るのは難しい。

大伍はごまかすしかなかった。

「お気になさらず。お小人目付さまのことは存じておるつもりでございまする」

佐久良が微笑《ほほえ》みながら、詫びないでくれと言った。

「本日はお目にかかれなんだが、母上はお元気か」

「お気遣いをありがとうございまする。母は少し出ておりました。おかげさまで元気にいたしておりまする」

露骨な話題の変換にも佐久良は機嫌良く応じた。

「さようか」

「佐久良どのではないか」

安堵した大伍を押しのけるように、前から歩いてきた黒鍬者が割りこんだ。

「鈴川《すずかわ》さま……」

佐久良が露骨に嫌そうな顔をした。

「そやつは誰だ」

鈴川と呼ばれた黒鍬者が大伍を指さした。

「お知りあいかの、佐久良どの」

無礼を咎める前に、大伍が問うた。

「三組の鈴川さまでございまする」

佐久良が大伍の背中に隠れるようにしながら、答えた。

「三組……一代抱え席か」

黒鍬者は一組、二組が譜代、三組、四組が一代抱え席と区別されていた。

「おかかわりは」

二人の関係を訊いた大伍に、佐久良が首を強く横に振った。

「ございませぬ」

「な、なにを言われるか。何度も嫁に欲しいと申しこんでおろう」

「お断りしております」

冷たく佐久良が拒否を伝え、そっと大伍の左袖を摑んだ。

佐久良は今年で十六歳になる。大伍がまだお小人としてこの組屋敷に住んでいたころからの幼なじみであった。小さいころから、その美貌をうたわれ、やはり黒鍬者の娘ながら、五代将軍綱吉の寵愛を受けたお伝《でん》の方の再来とまで言われていた。

「そいつか、そいつが、佐久良の男か」

鈴川が憎々しげに大伍を睨んだ。

「よい加減にせぬか。拙者と佐久良どのは将来を約束した仲ではない」

大伍がそう言ったとき、佐久良が握っていた袖を少し引いた。

「ならば、どけ。直接佐久良と話をする」

佐久良への敬称を鈴川が取った。

「よい加減にせぬか。そなた、先ほどから無礼を重ねていることに気付いておらぬぞ」

大伍が鈴川を叱った。

「無礼……」

頭に血が昇っている鈴川はまだわかっていなかった。

「拙者はお小人目付の射貫大伍である」

「お小人目付……」

鈴川が繰り返した。

「あっ……」

ようやく鈴川が気付いた。

お小人目付は黒鍬者の出世の極官である。身分も小者ではなく、御家人となる。禄は少なくとも、格の上では大きな差があった。

「今ならば見逃してくれる。さっさと去れ」

顔色を変えた鈴川に大伍が手を振った。

「大伍さま……」

佐久良が久しぶりに名前で呼んだ。

「どうした」

「参りましょう」

訊いた大伍に佐久良がうながした。

「うむ」

うなずいて大伍が歩き出した。

「嫁入り前の娘が、男の袖を摑むなどふしだらな」

鈴川が嫉妬《しっと》をむき出しにした。

「おまえを怖《おそ》れているだけだろう」

大伍が矢面《やおもて》に立った。

幼なじみとはいえ、年齢は十歳ほど離れている。どれだけ美貌であろうとも、襁褓《むつき》のころから知っていれば、異性という感じはあまりない。どちらかといえば、妹といった風に思えている大伍である。つまり、大伍にとって佐久良は庇護《ひご》すべき相手であった。

「違う。照れているだけだ」

「そうか、佐久良」

言い返した鈴川を見ながら、大伍は佐久良に問うた。

「いいえ。照れではございませぬ。嫌悪いたしておりまする」

「け、嫌悪だと……」

氷のような口調で言った佐久良に、鈴川が愕然とした。

「……い、言わせておけば」

鈴川が怒りのまま、佐久良に掴みかかろうとした。

「させぬわ」

佐久良にすがられたままで、大伍が対応した。

「どけっ」

「……はあっ」

邪魔者を排除しようと手を伸ばした鈴川の腹を大伍は蹴り飛ばした。

「ぐええ」

「えっ」

吹き飛んで嘔吐する鈴川に大伍が唖然とした。

「いかがなさいました」

棒立ちになった大伍に佐久良が首をかしげた。

「黒鍬とは、このように弱いものであったか」

大伍が鈴川から目を離さず、佐久良に尋ねた。

「新参はあのようなものでございまする」

佐久良が吐き捨てた。

「新参、一代抱え席とはいえ、実質は世襲でござろう」

大伍が怪訝な顔をした。

町奉行所の同心、牢屋奉行配下の同心なども、正式には一代抱え席であった。だが、実際は世襲していた。これは職務が特殊な性格のものであることから、いきなり未経験な者を就けるより、幼いころから見習という形で慣れさせておいたほうがよいからだ。

黒鍬者も江戸の辻を熟知していなければならないうえ、いざというとき戦場で素早い陣地構築や架橋《かきょう》などをしなければならない。当然、経験だけでなく、どういうことをするかということを若いころから理解していないとまともに務まるはずはなかった。

結果、新参、一代抱え席も世襲を繰り返してきた。

当たり前のことだが、戦場に出るうえ、敵の目前で陣地構築などをする黒鍬者はそれなりの丈夫さと武芸のたしなみがいる。

できるはずの鈴川が、大伍の蹴りをかわすどころか、まともに喰らったうえ、悶絶している。とても黒鍬者の跡継ぎとは思えなかった。

「三組、四組はこのていどに堕《お》ちましてございまする」

佐久良が情けなさそうに首を横に振った。

三

準備は整えた。残るは小笠原若狭守に予定を伝えるだけと、大伍は坂口一平を訪ねた。

「こちらに坂口どのはおられようか」

小笠原若狭守の屋敷で大伍が門番足軽に問うた。

「坂口といえば、厩《うまや》番の坂口一平か」

門番足軽が確認した。

「さようでござる。坂口どのに射貫が来たとお伝えいただきたい」

「しばし待たれよ」

大伍の求めに応じ、門番足軽が屋敷のなかへと入っていった。

「……立派な門構えよな」

待つ間に小笠原若狭守の屋敷を大伍は眺めた。

「さすがは三代にわたって将軍家側近を務められただけのことはある」

大伍が感心した。

江戸における大名、旗本の屋敷は、そのほとんどが幕府からの下賜《かし》であった。基本として禄高、格で屋敷の敷地は決められるが、なかには将軍との親疎《しんそ》で大きさが変わることもあった。

「おおっ、射貫氏」

屋敷の潜り戸が開いて、なかから坂口一平が出てきた。

「忙しいところすまぬな」

大伍が坂口一平に手をあげた。

「よいかの」

「こちらへ、少し離れましょうぞ」

つごうを問うた大伍に坂口一平が門から離れようと言い、歩き出した。

「……ここでよろしかろう」

屋敷の角で坂口一平が足を止めた。

「決まられたか」

「ああ。明後日の昼、正午の刻（午前十二時）に」

坂口一平の質問に大伍が告げた。

「明後日の正午の刻でございまするな。では、そのように主に伝えまする」

「頼んだ」

首肯した坂口一平に大伍が背を向けた。

山里曲輪口は、他の大手門や常磐橋《ときわばし》御門と違って騎馬や軍勢が通るだけの大きさはなかった。

「御免を」

黒鍬者の衣服を身にまとい、月代《さかやき》を少し広めに剃《そ》り、髷を短くまとめた大伍が小腰を屈《かが》めて山里曲輪口に差し掛かった。

「黒鍬者か」

山里伊賀者が大伍の姿を上から下まで見下ろした。

黒鍬者は腰に寸足らずの木刀を一本だけ差し、尻端折り、足袋《たび》は履かず、上はお仕着せの半纏《はんてん》一枚、これは夏でも冬でも変わらなかった。

「どこの組じゃ」

「一組でございまする」

大伍は佐久良の父森藤の属する一組だと告げた。

「名は」

「大五郎と申しまする」

呼ばれたときに反応できるよう、偽名は本名に近いものを使う。これも隠密働きをする者の心得であった。

「一組の大五郎だな」

山里伊賀者が念を押した。

黒鍬者は武士身分ではない。組頭は江戸城内に席を与えられるだけに、名字を名乗ることが許されている。しかし、一般の黒鍬者は、徳川家の家臣ということで私的に名字を持つことは黙認でしかなく、公式に名字を使うことは許されていなかった。

「へい」

大伍がうなずいた。

「…………」

もう一度山里伊賀者が大伍をじっくりと見つめた。

「ええっと……」

居心地悪そうに大伍が身を縮めた。

「見たことがない顔だの」

山里伊賀者が懸念を口にした。

「こちらを通行するのは初めてでございまして」

大伍が答えた。

「……なにをしに通る」

「お目付さまのお指図で、西の丸石垣の普請の出来を見て参るようにと」

「……お目付殿の御用か」

山里伊賀者が嫌そうな顔をした。

目付は大名が命じられる江戸城の修復や寛永寺の改修なども監察する。一応、お手伝い普請を総括する普請奉行の完工確認を得てはいるが、それをすんなり信じるようでは目付など務まらない。

普請奉行は見た目で判断するが、目付はより厳しい。

石垣の修繕ならば、切り出した石の形、周囲との調和、強度、間を埋める石灰の質と細かいところまで検査する。

「石にひびがある」

「周囲との色合いが合っておらぬ」

普請奉行が認めた後でも目付は気にしない。

「口出しは止《や》めてもらいたい」

「すでに完工したと御老中さまへお届けずみじゃぞ」

などと普請奉行も文句はつけない。下手に口出しをして、吾が身に火の粉《こ》が飛んできてはたまらないからだ。

「西の丸ならば、桜田門のほうが近かろう」

山里伊賀者が疑問を呈した。

「西の丸の西北側にあたる石垣でございますれば、こちらからが近く」

あらかじめそこを突かれると想定している。

大伍は淀《よど》みなく答えた。

「あのあたりで」

証拠とばかりに、大伍が山里曲輪口から見える西の丸の石垣、その端を指さした。

「あそこか。そういえば、十日ほど前に普請をしておったな」

山里伊賀者が思いだした。

「通ってもよろしいか」

「よろしかろう」

目付の指示を拒むと、後でしっぺ返しを喰らうこともある。山里伊賀者が通行を認めた。

「助かりまする」

黒鍬者は目付の支配を受けるが小者でしかないため、しくじりは許されない。

大伍は大きく安堵して見せた。

「…………」

山里曲輪口を通った大伍は、まっすぐに石垣へ向かいながら、時々止まっては遠目に確認するを繰り返した。

「……見てるな」

大伍は背中に目を感じていた。

「さすがは山里伊賀者だ。油断はせんな」

山里伊賀者がまだ大伍を見張っていた。

大伍もそれくらいはわかっている。山里伊賀者の目が外れるまで、石垣を見たり、少し登ったりした。

「あそこが……」

なにかに気づいたかのように大伍は石垣に近づいた。

「……気のせいであったか」

山里伊賀者が大伍から目を離した。

「終わったな」

背中に刺さるような目がなくなったことを大伍は悟った。

「…………」

大伍は山里伊賀者から見える西の丸南側ではなく、大きく江戸城を迂回《うかい》する北回りを進んだ。

「どこでもそうだが、なかにはいると気の抜けた連中ばかりよな」

天下の堅城江戸城には、書院番、新番、徒目付、庭番などが、四六時中見廻りをしている。

とはいえ何年も異常がなければ、形だけのものになる。

「門番がしっかりと見ているはずじゃ」

そのうえ責任を転嫁する相手もある。

江戸城の諸門は、数万石の外様大名が任じられる。もちろん、重要な門には書院番、大番組が詰めているが、そこには責任を押しつけない。江戸城はどこの門を潜ろうとも、内郭に通じている。不埒者《ふらちもの》が書院番などが守りをする諸門を通り抜けたか、外様大名が預かっている門を通行したかはわからないのだ。ようは外様大名のせいにできる。

「手練《てだ》れの忍五人もいれば、上様のお命を奪うことができる」

大伍が首を力なく左右に振った。

「……いかぬ。少しときを喰ったわ」

すでに日は中天に近い。待ち合わせの時刻まで、もう四半刻（約三十分）もない。忍びこむのに苦労したとはいえ、御側御用取次を待たせるわけにはいかなかった。

抜け穴というのは、内側からはもちろん、外からも目立ってはならない。

山里曲輪口へ抜ける穴蔵道は、どこに出口があるのかわからないように作られていた。

「もう近いはずだ」

甲良家の絵図面にも載ってはいないが、他人目を避けるにもこの辺りだろうと大伍は周囲に目を配った。

「あれではないか」

大伍はぽつんと建っていた東屋に目を付けた。

抜け穴には蓋が要った。露天に晒しておくと目立つだけでなく、雨や砂が入って穴が崩れたり、塞《ふさ》がったりするからだ。

「……やはり」

東屋を調べた大伍は、床を叩いて音の変化で隠された蓋を見つけた。

「………………」

大伍は腹巻きのなかに忍ばせている薄刃の剃刀《かみそり》を出し、蓋板の隙間に差しこんだ。

「いい仕事をしている」

剃刀がようやく入るくらいの隙間しかなく、なかなか持ち上がってくれなかった。

「……よし」

蓋が少しだけ上がった。

指を隙間に差し入れて、大伍が身体を滑りこませた。

抜け穴の蓋を閉じれば、なかは暗闇になる。

大伍が晒しに挟みこんでいた煙草入れから、火の付いた火縄を出した。

火縄を振り回せば、その火でわずかながら周囲が明るくなる。それを使って、大伍は抜け穴を進んだ。

「着いたか」

火縄の灯りのなかに扉が浮いた。

軽く押せば、扉はすんなりと開いた。抜け穴を使うときは、危急の状態にある。そんなときに鍵穴など探している余裕はない。外も内も抜け穴の出入り口は施錠されてはいなかった。

「…………」

扉の向こうには石段が続いていた。

四

小笠原若狭守から本日の昼時と教えられた家斉は、昼餉《ひるげ》をさっさと片付けて御用の間で待ちわびていた。

「まだか」

「刻限までは少しございまする」

「そろそろであろ」

「今少し」

「もうよかろう」

「上様」

興奮している家斉に小笠原若狭守があきれた。

「しかしだの。刻限は刻限であろう」

家斉が約束の刻限にこだわって見せた。

「たしかに約束は大事でありまするが、相手は何分にも江戸城の奥まで入ってくるのでございまする。しかもお目通り以下の身分でございまする。御用の間がどこにあるかも存じませぬ。場所もなにもわからぬので」

少しは大目に見てやらねば、かわいそうだと小笠原若狭守が家斉を諫めた。

「むう」

家斉が唸った。

「若狭守さま」

そこへ御用の間の外から声がした。

「上様、こちらへ」

小笠原若狭守が家斉を背にかばった。

「胡乱な者、なにやつか」

「お召しにより参上」

誰何《すいか》した小笠原若狭守に大伍が応じた。

「お召し……そなた小人目付か」

小笠原若狭守が気づいた。

「いかにも。小人目付射貫大伍めにございまする」

大伍が名乗りをあげた。

「入ってくるがよい」

「はっ」

小笠原若狭守の招きに、大伍が従った。

「黒鍬者の格好ではないか」

御用の間の端近《はしぢか》で平伏した大伍に、小笠原若狭守が目を剝いた。

小笠原若狭守でなくとも、大名ならば黒鍬者の姿をよく知っていた。

大名には一カ月に三度、登城する日が決められていた。これを月次登城といい、毎月朔日《さくじつ》、十五日、二十八日に、江戸在府の大名は将軍家へ目通りをしなければならないと決められていた。

この目通りのとき、大名は揃って大広間に整列し、将軍に拝謁《はいえつ》する。ようは一気に江戸中の大名が江戸城を目指して、格に応じた行列を仕立てる。当然、江戸の辻は大名行列で混雑する。

った。

「いいや、当家の方が格上である。道を空けよ」

「当家が先じゃ」

大名同士のもめ事は当然であった。幕初には、刀を抜いての闘争になったこともあった。

それを見かねた幕府が、通行の争いを防ぐために大名行列の差配を黒鍬者に預けた。

「そちらの行列が先に辻を通られよ」

「先の行列が終わるまで、お控えあれ」

黒鍬者は辻に立ち、大名行列の順番を決めるようになった。

「ここまで来るには、いささか黒鍬者の身形が要りようでございまして」

訊かれた大伍が述べた。

「黒鍬の格好が要るだと……」

小笠原若狭守が怪訝な顔をした。

「山里曲輪から入り……」

「抜け道を使ったのか」

説明した大伍に小笠原若狭守が絶句した。

「なんということを仕出かすか」

「ここまで来いと申したそなたの難題を抜け道をたどることでこなしたとはの。おもしろいではないか」

怒鳴りつけた小笠原若狭守を家斉がなだめた。

「畏れながら、そちらにお出《い》でのお方は、どなたさまでございましょう」

大伍が家斉を気にした。

「そうであった。控えよ、上様にあらせられる」

小笠原若狭守が厳粛な声を出した。

「上様……はは っ」

御用の間で小笠原若狭守にかばわれている。幕府の臣で家斉だと気付かぬ者などいない。とはいえ、正式に教えられるまでは知らぬ顔をするのが礼儀であった。

「お忍びじゃ」

身分を隠しての行動をしているときに「上様」と呼びかけるのはまずかった。

「うむ。そなたが小笠原若狭守の申しておった隠密か」

「……隠密」

家斉に声をかけられた大伍が、怪訝な顔をした。

「お待ちを」

小笠原若狭守が家斉を止めた。

「いかに目見え以下の吹けば飛ぶような者とはいえ、事情をまず語ってやらねば、戸惑いまする」

「そうか。そういうものか」

家斉が首をかしげた。

「まずは、板戸を閉めよ。他人払《ひとばら》いをいたしてはあるとはいえ、油断はできぬ」

話をする前に、戸を閉じろと小笠原若狭守が命じた。

「はっ」

指図を受けた大伍が、辺りの様子を窺ってから戸を閉めた。

「上様、奥へ」

「うむ」

続けて家斉を、小笠原若狭守が御用の間の奥へと誘《いざな》った。

「………」

家斉が座を決めるのを待って、小笠原若狭守がその左脇に腰を下ろした。

「さて、あらためて上様である」

「はっ」

すでに平伏している。それで足らぬと言われたと思った大伍が、額《ひたい》を畳に押しつけた。

「面《おもて》をあげよ」

「………」

家斉に顔を見せろと言われた大伍が固まった。

御家人ぎりぎりといったところに小人目付はある。一つ下のお小人は、御家人だったり、小者だったりとそのときそのときで変化を余儀なくされる。

「黒鍬、小人の類《たぐ》いは人にあらず」

かつて目付がうそぶいたといわれるほど、身分は低い。

いうまでもなく、大伍は将軍家に目通りしたことはない。いや、遠くからその姿を見たこともなかった。それだけに、こういったときどう反応すればよいのか、まったくわかっていなかった。

「面をあげよ」

もう一度家斉が言った。

「はっ」

二度言われては仕方ないと、大伍は顔をあげた。

「たわけ者めっ」

途端に大伍は小笠原若狭守に怒鳴りつけられた。

「上様がお声を三度かけられるまで、そのままの姿勢でおるのが礼儀である」

「申しわけございませぬ」

叱りつけられて大伍が平蜘蛛《ひらぐも》のように這《は》いつくばった。

「よい」

家斉が手を振った。

「余が許す」

「ですが、上様。礼儀礼法というものは前例を重ねてできあがっていくものでございまする。どのような礼儀にもその意味が……」

「若狭守」

礼儀礼法を守らなければならない理由を語っていた小笠原若狭守を家斉が制した。

「礼儀礼法と申したがの。それを目通りできぬ者にも通達してあるのか」

「いえ。礼儀礼法を使うことのない者にまでは……」

家斉の考えを小笠原若狭守が理解した。

「申しわけもございませぬ」

今度は小笠原若狭守が平蜘蛛になった。

「よい。許すと申しておろう」

さきほどの言葉には二つの意味があったと家斉が手を振った。

「畏れ入りまする」

小笠原若狭守が感謝した。

「すまなかったの。いきなりであった」

頭は下げなかったが、家斉が詫びた。

「それはっ」

将軍世子の謝罪に、大伍が慌てた。

「気にするな。ここでは最低限の礼儀でよい。無駄に前例に従わずともな」

家斉が無礼を寛容すると告げた。

「かたじけのうございまする」

大伍が頭《こうべ》を垂れた。

「よいな、若狭」

「お心のままに」

家斉に念を押された小笠原若狭守は首肯するしかない。

「直答を許す。そなたの名をもう一度聞かせよ」

「小人目付射貫大伍と申しまする」

「ほう。小人目付とはどのようなことをいたすのじゃ」

大伍の役名に家斉が興味を持った。

「御家人の非違監察、お目付の供、牢屋見廻り、城下変事立ち会いなどでございまする」

「ふむ。それで隠密ができるのか、若狭」

大伍の説明に、家斉が不足げな表情になった。

「射貫、正確に申しあげよ」

　小笠原若狭守が険しい声で大伍を促した。

「畏れながら、上様に申しあげまする。小人目付はお目付の指図で、大名領へ密かに向かうこともございまする」

「目付の命か。なるほど。目付は大名どもを監察する。そのときに領地の状況などを知らねばならぬか」

　家斉が納得した。

「では、射貫。そなたも」

「何度か」

　大伍がうなずいた。

「ならばよしじゃな」

　満足げに家斉が微笑んだ。

「若狭、話をいたせ」

　詳細は任せると家斉が小笠原若狭守に言った。

「承りましてございまする」

小笠原若狭守が承諾した。

「射貫、本日、そなたを呼び出したのは他でもない。そなたを上様直々の隠密となすためである」

「わたくしをっ」

小笠原若狭守の話に、大伍が絶句した。

「畏れながら、御上には伊賀者同心、お庭番が……」

「それらが使いものにならぬから、そなたに白羽《しらは》の矢を立てたのだ」

「使いものにならない……」

大伍が啞然とした。

伊賀者同心、お庭番ともに幕府の隠密として名を知られている。さすがにお庭番は会ったこともないが、伊賀者とはつい先ほども遣り取りをしている。そのときの雰囲気からもわかるように、伊賀者は十分な素質を持ち、鍛錬の積み重ねをしている。とても役に立たないとは思えなかった。

「伊賀者は老中が手にある。お庭番は隠密から外れつつある」

不快そうな口調で家斉が答えた。

「…………」

家斉がそう考えているならば、反論は意味をなさない。反論はかえって家斉の反発を頑《かたく》なにするだけである。

大伍は無言で応じた。

「射貫と申したかの」

「はっ」

大伍がさらに畏まった。

「これを読め」

すっと家斉が土芥寇讎記《どかいこうしゅうき》を大伍のもとへと床を滑らせるようにして渡した。

「上様、よろしゅうございますので」

綱吉の筆が入っているものを見せてもよいのかと小笠原若狭守が気にした。

「これを見せずして、どうせよと」

「たしかに仰せの通りではございますが……」

「余がよいと言うのだ。読め」

小笠原若狭守の諫言を押さえて、家斉が命じた。

「………」

「上様のご諚《じょう》じゃ。従え」

どうしていいのかためらっている大伍に、小笠原若狭守が首を縦に振った。

「拝見仕ります る」

一度土芥寇讎記を押しいただいて、適当なところを開いた。

「……これは」

少し読んだところで、大伍が驚きで顔をあげた。

「どこを読んだ」

「相馬《そうま》さまのところで」

家斉に問われて大伍が答えた。

「弾正少弼《しょうひつ》の項目か。家士不富《とまず》、風俗不宜《よろしからず》。然《しか》れども、心直《こころすぐ》にして、義を守る。外様者には少なし。家の子計りなる故、国元、江戸共に心易《やす》し」

すらすらと家斉が暗唱して見せた。

「よく覚えておられまする。まことご英邁《えいまい》な」

小笠原若狭守が感心した。

「いや、相馬弾正少弼の経歴がおもしろくての」

家斉が笑顔を浮かべた。

「相馬弾正少弼の経歴がでございまするか」

「うむ」

確かめた小笠原若狭守に家斉がうなずき大伍へ目をやった。

「射貫、どう思った」

「相馬弾正少弼さまのことでございますか……思ったままを申しても」

「それがよい」

家斉が認めた。

「あまり褒められたお方ではございませぬ。家中の者は貧しく、行動も武士としてふさわしくないと」

風俗宜しからずというのは、武士らしい生活ではないという意味である。例えば、衣服の乱れ、月代《さかやき》を剃らぬなどの身形の不潔さ、武芸をおろそかにし、博打や遊女などの遊びに身を淫《いん》しているとの意味である。

「ただ、その後に心素直にして、忠義を守るとございました。これでは話の釣り合いが取れませぬ」

大伍が首をかしげた。

「おもしろいであろう。とくに後半のところじゃ」

「後半……いささか手蹟《しゅせき》が違うように見受けられまするが」

楽しそうな家斉に大伍が尋ねた。

「違うはずじゃ。後半の加筆は、五代将軍綱吉公のものじゃ」

「ひえっ」

大伍が絶句した。

将軍の直筆というのは、格別に扱われる。それこそ累代《るいだい》の家宝として大名家が保存するくらいの貴重なものであった。

「畏れるな。文字は文字じゃ」

家斉が笑いながら手を振った。

「とにかく、その先を読んでみせよ」

音読しろと家斉が指示した。

「はあ……」

過去の将軍より、今の家斉が怖ろしい。

大伍は綱吉が書いたところを読みあげた。

「昌胤《まさたね》、才智なりと云えり、文武の沙汰《さた》なしとあれば、不学にや。然《しか》れども勝胤文武を学び、道を守りし将たりと云えば、昌胤も少しは学び給いなん……」

「ああ、勝胤が誰かわからぬのか」

ちらと小笠原若狭守を見た大伍に、家斉が反応した。

「勝胤は相馬氏の男子が途絶えたときに婿養子に入った者で、そのじつは土屋民部《つちやみんぶ》少輔利直《しょうゆうとしなお》の次男じゃ。後に忠胤と名乗りを変えた者で、なかなかの名君であったと言われておる」

家斉が説明した。

「なるほど、その忠胤さまの子供である昌胤さまも多少は勉学に励んでいるだろうと」

「そうじゃ。その後ろに昌胤についての評がある」

先を読めと家斉が促した。

「第一父のあらざる道を改めるのも孝の道なり。必ずや吾《わ》が知を発して、三年を待たず即時に政道を改めるべし……」

読んだ大伍が困惑した。

「どうじゃ」

「随分と好評をなされておられるように見えまする」

家斉に問われた大伍が述べた。

「であろう。あまり賢くはないが、綱吉公の政道に従い、父のしたこともただちに改める。つまり、相馬弾正少弼は綱吉公のお眼鏡に適《かな》ったのだ」

「お眼鏡に適った……」

「そうよ。結果、相馬弾正少弼は奥詰大名に選ばれた後、数カ月で側衆《そばしゅう》に転じている」

「側衆に」

大伍が驚いた。

側衆は大名役ではなく、五千石の旗本役である。老中支配を受けるが、将軍の側で政にかかわるため、その権は大きく御用部屋からの発案でも却下できるほどの力を持っていた。

大名から見れば格下の役目だが、政の勉強にはなる。

「あいにくその後相馬弾正少弼が病を得て、側衆を辞任してしまったため、どうなったかはわからぬが、綱吉公は相馬弾正少弼をいずれは執政にとお考えであったのではないかと、余は思っておる」

「執政……相馬家は外様衆でございましょう」

「土屋家から養子を受け入れたことを功として、願い譜代となっている」

願い譜代とは、外様大名が幕府へ嘆願して譜代へと格上げをしてもらうことである。相馬家以外にも堀《ほり》家、脇坂《わきさか》家なども願い譜代しているが、外様と譜代に幕府は厳密な差を付けているため、よほどのことがなければ、認められなかった。

「そこまで相馬弾正少弼さまのことを綱吉公は買っておられた」

「うむ。そして相馬弾正少弼の人となりを知ったのが、この土芥寇讎記であろうと余は考える」

大伍の考えを家斉が肯定した。

「余も綱吉公と同じく分家の出。どうしても幕閣の者どもからは軽く見られる。とくに松平越中守は余を幼きと侮《あなど》っておる。たしかに余は一橋、越中は田安《たやす》と出自は同じ御三卿じゃ。一つ違っていれば、ここにいるのは越中守であったろう」

「上様っ」

家斉の発言を小笠原若狭守が諫めようとした。

「止めるな。若狭。そなたはこのままでよいと考えるか。将軍になる余が政にかかわらぬ飾りであるべきだと」

「とんでもないことでございまする」

言い返された小笠原若狭守が引いた。

「今は仕方がない。余には政の知識もなく、支えてくれる者も小笠原若狭守だけという有様《ありさま》じゃ。だが、このままでは天下は越中守のものになる。それを認めるわけにはいかぬ。認めてしまえば、余の後に続く将軍も同じく軽視される。そうならぬために余は力を付けたい。五年先には越中に否やを突きつけられるだけのな」

「…………」

家斉の気概に大伍は呑まれていた。

「そのためには、余のために尽くす者が要る。それを探すのが、そなたの役目である」

「わたくしに、この土芥寇讎記のもととなる調べをした者と同じことをせよと」

「うむ」

ひりつく喉を動かして確認した大伍に、家斉が強くうなずいた。

第四章　退き口の守人

一

山里伊賀者の甲田葉太夫《かぶとだようたゆう》は腕組みをした格好で、曲輪内をじっと見ていた。

「どうした」

同僚の山里伊賀者が声をかけてきた。

「気に入らぬ」

「なにがだ」

不満げな同僚に山里伊賀者が首をかしげた。

「昼前に通った黒鍬者が、まだ戻ってこぬ」

甲田葉太夫が難しい顔をした。

「黒鍬者が来たのか。最近では珍しいの。なにをしにきたのだ」

山里伊賀者が問うた。

「なにやら先日の西の丸石垣修復を改めるための下調べだと申しておった」

「目付の用命か」

「そう申しておった」

同僚の確認に甲田葉太夫が認めた。

「目付の要求は厳しいぞ。あやつらは他人の粗《あら》を探すのが仕事ぞ。というより粗がなければ、仕事にならぬ」

嫌そうに表情をゆがめて、山里伊賀者が言った。

「それはそうだが……」

甲田葉太夫も同意した。

江戸城中で目付の悪口を堂々と言えるのは、大奥と山里曲輪だけである。どちらも目付は近づくことができない。いや、まだ大奥は役儀があれば出入りできるが、江戸城の退き口たる山里曲輪は、老中といえども近づくことはできなかった。

「それに西丸石垣の検《あらた》めならば任を果たした後、目付へ報告せねばなるまい」

「直接本丸へと向かったと言うか」

同僚の意見に甲田葉太夫が腕を組んだ。

「そこまで気になるのか」

「どうも黒鍬者にしては肚が据わっていたというか、目の付け所が違っていたというか……」

甲田葉太夫が答えた。

「黒鍬者は乱世のころ、普請をしながら敵と戦ったと言われておる。それから二百年以上経ってはいるが、今でも使える者もおろう」

「それはそうなのだが……」

言われてもまだ甲田葉太夫は納得していなかった。

「なら、その気に入らぬ点を突き詰めて考えたらどうだ。どうせ、誰も通りはせぬ。ゆっくり、腑に落ちるまでな」

「そうさせてもらおう」

甲田葉太夫が詰め所へ戻ってどっかと座った。

「休息か」

詰め所には山里伊賀者頭が待機している。

「少し考えごとをさせてもらう」

「では、外にいるのは恵藤《えとう》だけか。それはいかぬの。盛《もり》、代わりをいたせ」

「おう」

山里伊賀者頭がさらりと指示を出した。

「…………」

それを無視して甲田葉太夫は瞑目《めいもく》して思案をし続けた。

「なにが気に障った……」

甲田葉太夫が独りごちた。

「……あっ」

数呼吸ほどして、甲田葉太夫が声をあげた。

「あやつ左の肩が上がっていた」

「大声を出すな」

甲田葉太夫の不意な大声に山里伊賀者頭が驚いた。

「お頭、あいつは黒鍬者ではない」

「なんの話だ」

朝からずっと室内にいた山里伊賀者頭が怪訝な顔をした。

「じつは……」

甲田葉太夫が経緯を話した。

「黒鍬に扮した武家か」

山里伊賀者頭が渋い顔をした。

「葉太夫、そこまでにしておけ」

「どういう意味じゃ頭」

止めた山里伊賀者頭に、不足そうに甲田葉太夫が訊いた。

「それは小人目付に違いない」

「小人目付……」

「うむ。お庭番は庭乃者としてここを通過できる。なにより庭乃者の数は少ない。その面は知っておろう」

「たしかにお庭番ならば、黒鍬者に扮する意味はないな」

甲田葉太夫が首肯した。

「かというて、その辺の者が黒鍬者のお仕着せを借りられるはずもなし。小人目付は黒鍬者と同じく目付の配下。融通《ゆうづう》は利こう」

「むうう」

山里伊賀者頭の説明に甲田葉太夫が唸った。

「小人目付がわざわざ黒鍬者に扮してまで、山里曲輪を通らなければならない理由は」

「そのようなもの、目付の指図しかなかろう」

苦く頬をゆがめて、山里伊賀者頭が告げた。

「目付の指図……」

甲田葉太夫が歯がみをした。

「辛抱せねばならぬぞ」

「しかし。それでは山里曲輪を守る伊賀者としての役目が果たせませぬぞ」

山里伊賀者頭の宥《なだ》めにも、甲田葉太夫が反した。

老中でも通さないだけの権威がある山里曲輪口である。そこを伊賀者同心よりも身分が低い小人目付に通行されてしまった。山里伊賀者の面目を潰されたも同然であった。

「目付に喧嘩を売ることになるぞ」

「……………」

山里伊賀者頭の制止に、甲田葉太夫が黙った。

「もし、目付へ苦情を出したとする。どうなると思う」

「まずとぼけられますな」

上役というのはどことも同じで、決して下僚のしたことの責任は負わない。下僚の手柄はいくらでも奪うが、失敗は知らぬ顔をするのが、役人というものであった。

「そうだな。で、その後は」

続けて山里伊賀者頭が問うた。

「しくじった小人目付を処分して終わりにいたしましょう」

「表向きはな」

小さく山里伊賀者頭が首を左右に振った。

「裏があると」

「あるな。そしてその裏を喰らうのが我らじゃ」

確かめた甲田葉太夫に山里伊賀者頭が嘆息した。

「我らが咎められる……」

「目付は矜持《きょうじ》が高い。己が妙案として立てた策を見抜き、わざわざ言い立ててきた我らに目付が黙っているわけはない。目付の権は強いぞ」

「…………」

じっと見てくる山里伊賀者頭に、甲田葉太夫が沈黙した。

「わかったな。要らぬことをするなよ」

黙った甲田葉太夫に山里伊賀者頭が釘を刺した。


松平越中守定信は、吾が世の春を謳歌《おうか》していた。

己を十一代将軍の座から遠ざけた老中格田沼主殿頭意次はすでにその権を失い、逼塞《ひっそく》させられている。

松平定信を重用せず、田沼意次の下に就けた十代将軍家治の葬儀も終えた。

世継ぎとなった一橋豊千代《とよちよ》は、徳川家斉となり本丸御殿へと移ったが、いまだ将軍宣下もなく、政への口出しはできていない。

「これはいかがいたしましょう」

「ふむ。こうすべきであろう」

「では、そのように」

他の老中も松平定信に遠慮して、言うがままになる。

「将軍となるよりも、思うように政ができるかも知れぬ」

御用部屋の屏風内で、松平定信が呟いた。

もともと松平定信は御三卿の一つ田安家の生まれであった。父田安宗武《むねたけ》は八代将軍吉宗の次男であり、松平定信はその孫ということになる。

「愛《う》い孫である」

吉宗は体格がよく、活発な定信をかわいがり、膝の上に抱いてはいろいろな話をした。そのなかに吉宗の苦労話、成功した改革の話が含まれるのは当然であった。

これが松平定信の心柱を作りあげた。

「いずれ偉大な祖父の跡を継ぎ、天下の政を差配したい」

しかし、松平定信の思いは叶うことはなかった。ないはずであった。

すでに十代将軍家治には、家基という立派な跡継ぎがおり、いかに御三卿の田安家とはいえ、将軍の目はない。

また、幕府には将軍の一門を執政にしないという決まりがあった。

「……今の政はなっておらぬ。金さえあればなんでもできるという風潮は、主殿頭の政がゆがんでいる証拠である」

どうやっても政にかかわれないという不満を、松平定信はときの権力者田沼意次にぶつけた。

「あの者こそ諸悪の根源」

一門という立場を利用して、松平定信は世継ぎ家基に田沼意次の悪口を吹きこんだ。

「吾が天下人になったならば、真っ先に主殿頭を排除してくれる」

結果、家基も父家治が信頼している田沼意次を厭《いと》うようになった。

このままなにごともなくときが過ぎれば、家基が十一代将軍となり、松平定信は田安家の当主あるいはその控えとして、家基の諮問《しもん》を受ける重鎮となっていただろう。

松平定信も己が主役ではないとはいえ、裏から家基を操り、祖父吉宗の改革を継続しようと考えていた。

「不遜《ふそん》なり」

一門が本家の跡取りを裏から使嗾する。

これに幕府が怒った。

「城から遠ざけよ」

家治が決定し、松平定信は田安家から白河松平家へと行くことになった。

問題は白河松平家にあった。白河松平家は、徳川家康の異父弟の久松《ひさまつ》松平家の系列で、松平とはいいながら、家康の血を引く越前松平家や津山《つやま》松平家などとは違っていた。松平家とは名ばかりの家臣筋であった。

十七歳で白河松平の跡継ぎとなった松平定信の失意は大きかった。

「おのれ、主殿頭、民部卿《みんぶきょう》」

将軍家治を恨むわけにはいかず、松平定信は実際に動いた田沼意次、一橋治済《はるさだ》を憎んだ。

そこに不幸が重なった。

松平定信が養子に出て二年、将軍世子家基が鷹狩りの帰りに急病を発し、わずか二十一歳という若さで死んでしまった。

家治には男女合わせて四人の子供がいた。上二人が姫御前、そして家基、次男貞次《さだじ》郎《ろう》であった。しかしながら貞次郎はすでになく、ここに家治直系は絶えた。

幕府にとって将軍世子は重要であった。次を誰にするかが決まっていないと、騒動になる。四代将軍家綱、五代将軍綱吉、七代将軍家継と跡継ぎがなしで将軍が死んだとき、将軍の兄弟、御三家を巻きこんでの争いになる。

八代将軍吉宗の継承では紀州家と尾張家の争いとなり、その後も尾張家では当主が隠居をさせられていた。

今回は将軍の急死ではない。嫡男の急死で落胆しているが、家治は健在であった。

それだけに世継ぎの選定には余裕があった。

当然のごとく、御三卿、御三家で暗闘が始まった。

「定信を返していただきたく」

田安家も動いた。

なれども、それは通らなかった。

徳川家には他姓を継いだ者に継承権はないとする家訓があった。もとは家康の次男秀康が、結城《ゆうき》家に養子として出たことで、二代将軍は三男秀忠に決まったことによる。

これは家康が決めたことであり、現将軍であろうとも老中であろうとも、変えることはできなかった。

結局は、御三卿が一つ一橋の長男豊千代が、家治の養子となって、西の丸へと入った。

こうなると松平定信の出番はなくなる。

臣下の身分では、そうそう豊千代こと家斉に会って、政の話をして誘導するわけにはいかない。

「なれば、余が執政になればよい」

幸い、白河松平は一門ではなく、臣下でしかない。執政になる資格はある。

「よしなにお願いをいたしまする」

松平定信は政敵でもあった田沼意次に賄賂《わいろ》を贈り、老中へと推挙してもらった。

老中になったとはいえ、田沼意次が健在である間は、松平定信も自在にはできなかった。

「さすがは主殿頭さまでございまする」

「お見事なご差配」

「国元より珍しいものが届きましたので、よろしければ」

松平定信は不満を押し隠し、田沼意次の機嫌をとり続けた。

その我慢の終わりが来た。

田沼意次の後ろ盾であった家治が病に倒れた。

「ここぞ」

松平定信が反撃に出た。

譜代名門の出でもなく、紀州家から吉宗に付いてきた陪臣に過ぎない田沼意次への反発は大きい。

「田沼主殿頭を排すべき」

御三家を巻きこんでの政争は、家治の死をもって終わり、松平定信が勝利した。

「主殿頭どの」

昨日まで田沼意次の機嫌を取ってきた連中が手のひらを返した。

「どうぞ、越中守さまのご指導を」

御用部屋も今では松平定信の支配下にある。

「主殿頭の放漫なやり方を引き締めねばならぬ」

幕府の財政は厳しい。

吉宗が倹約を重ねてようやく立て直した幕府財政は、その跡を継いだ家重の代で崩れ始め、家治になって潰えた。

「腕の見せ所である」

田沼意次を追い落とした松平定信は、己の思うがままの政を開始した。

「上様にご見聞いただきますよう」

将軍ではないとはいえ、徳川の当主には違いない。形だけでも家斉の許可を取っておかなければならない。

毎日、松平定信は家斉のもとへ書付を持参しては説明をした。

「越中の思うようにいたせ」

「任せる」

当座、家斉は政に興味を見せなかった。

「倹約を天下に命じたく存じまする」

松平定信が本望を果たそうと、家斉のもとへ願い出た。

「天下に倹約をさせるのか」

珍しく家斉が問い返した。

「はっ。元来武士という者は、贅沢を忌《い》み、質素を旨とするもの。それが昨今、風紀が乱れ、武家が絹物を身につけ、刀の中身ではなく、拵《こしら》えに凝《こ》るようになりましてございまする。贅沢は金を遣うことでもございまする。そのせいか、武家は俸禄だけで足りず、商人どもに借財をいたしておりまする。このままではいざというときの蓄えがなく、戦にも出られぬということになりかねませぬ」

「ふむ。たしかに武士が無駄な金を浪費することはよろしからず」

「ご賢察でございまする」

認めるような発言をした家斉を松平定信が称賛した。

「されど、越中守は天下に倹約を命ずべしと申したであろう」

「はい」

松平定信が首肯した。

「天下万民に倹約を命じるのは、いささか早計ではないか。とくに商人はものを売り買いすることで利を得ておる。倹約を命じれば、商いに支障が出よう」

家斉が疑問を呈した。

「商人などという者は、弱みに付けこんで金を奪い取る卑《いや》しきもの。今までに存分な利を得ておりますれば、多少のことは問題ないかと」

「では、商人に品を納めておる職人や百姓はどうなる。ものが売れねばその者たちが困ろう」

「…………」

さらに問われた松平定信が黙った。

「今少し、倹約は待つべきではないかの」

「もう一度、御用部屋にて検討をいたしまする」

松平定信が引いた。

二

「なにがあった」

御用部屋まで戻りながら、松平定信が家斉の変わりように首をかしげた。

「お戻りなさいませ」

御用部屋前で控えていた御用部屋坊主が、一礼した。

「当番の小姓番頭を呼べ」

松平定信が御用部屋坊主に命じた。

「ただちに」

御用部屋坊主が小走りにお休息の間へと向かった。

「…………」

ここでずっと待っているようならば、執政として役に立たなかった。わずかな間とはいえ、老中は執務に勤しまなければならない。

自席に戻った松平定信は執務を再開した。

「お小姓番頭さま」

お休息の間近くで御用部屋坊主が松平定信の用をこなそうとしていた。

「いかがいたした」

お休息部屋次の間には、当番の御側御用取次と側用人、お小姓組が詰めている。このなかで最下級となる小姓番が、御用部屋坊主に応対した。

「越中守さまが」

松平定信の名前を出すだけで、用件は伝わる。

「しばし、ここで待たれよ」

小姓番がお休息の間へと向かった。

「……用件を伺おう」

待つほどもなく、小姓番頭が御用部屋坊主のもとへ顔を出した。

「畏れ入りまするが……」

ちらと御用部屋坊主が同じ次の間にいる御側御用取次と側用人に目を走らせた。

「わかった」

他人目のないところへという意味だと悟った小姓番頭が御用部屋坊主の後に従った。

「越中守さまがお召しでございまする」

「……越中守さまが。承知した」

御用部屋坊主の伝言に小姓番頭が一考もせずに首を縦に振った。

今、家斉御側にいる者は、そのほとんどが田沼意次の引きによって、その職に就いた。

しかし、田沼意次は失脚、代わって松平定信が台頭した。

「越中守め、目にものみせてくれるわ」

本来ならば、田沼意次の復讐を誓うのだが、そのような気概は端《はな》から持ってはいない。ただ金を積んで、今の地位を買っただけなのだ。

となれば、遣った金の分だけ今の地位に固執する。

「なんとか越中守さまに取り入らねば」

田沼意次が居なくなった途端に、多くの者の頭は松平定信の方を向いた。

「では、前触れをいたしまする」

すっと御用部屋坊主が小走りに駆けていった。

「ただちに参上するとのことでございました」

「うむ」

御用部屋坊主の報告にうなずいたが、松平定信はそのまま執務を進めた。

これも悪《あ》しき慣例なのかも知れないが、老中は呼び出しをかけておきながら、平然と相手を待たせる。小半刻ならまだいい。下手をすれば一刻（約二時間）近く放置することもある。

「待たせた」

それを思えば、今回はまだましであった。小半刻も経たず、松平定信が御用部屋から出てきて、入り側脇で待っていた小姓番頭に声をかけた。

「いえ」

幕府の最上位者に待たされたくらいで嚙みつく者はいない。

小姓番頭が一礼して、松平定信への隔意《かくい》はないことを示した。

「まず、名を聞こう」

「はっ。小姓番頭能見石見守《のうみいわみのかみ》と申しまする」

「しかと覚えた」

松平定信が応じた。

「石見守、そなたに問いたいことがある」

「なんなりと」

言われた能見石見守が首肯した。

「上様に最近お変わりはないか」

「お健《すこ》やかでございまする」

松平定信の質問に能見石見守が答えた。

「ふむ。それは重畳《ちょうじょう》。ところで上様が御側でとくにお気に入りの者はおるか」

「お気に入りでございまするか……」

訊かれた能見石見守が少し考えた。

「お将棋の相手をする小姓、書見のお手伝いをする小納戸は決まっておりまするが、お気に入りと申すにはいささか」

首をかしげながら、能見石見守が告げた。

お気に入りとは、特定の場だけでなく、四六時中御側に付くように求められる者のことをいい、まだ本丸へ移って日の浅い家斉にはいなかった。

「西の丸から供してきた者はどうじゃ」

松平定信がさらに深く訊いた。

まだ将軍世子だったころの家斉にも、小姓、小納戸は付けられていた。今回の移動でもそのうちの何人かは本丸へと供してきていた。

「特に御側去らずといった者は見受けられませぬ」

能見石見守が首を左右に振った。

「ふうむ」

思った回答が返ってこなかった松平定信が唸った。

「ただ……」

言っていいのかどうか迷っているような素振りを能見石見守が見せた。

「なんでもよい申せ」

松平定信が促すのではなく命じた。

「よく御側御用取次の小笠原若狭守さまとお二人で御用の間に籠もられまする」

「小笠原若狭守、あの老人とか」

「はい」

確かめる松平定信に能見石見守が首を縦に振った。

「…………」

松平定信が扇子を己の左掌《ひだりて》に打ち付けるような仕草を繰り返した。

「小笠原若狭守は九代将軍家重さまのときに御側御用取次となり、家治さまによって上様の傅役《もりやく》として西の丸御側御用取次へと異動させられた」

本丸御側御用取次から西の丸御側御用取次への転任は格落ちになる。出世欲や矜持の高い者は、西の丸御側御用取次に移籍となれば、病を理由に辞任、再起を図るのが常であった。

それを気にせず西の丸御側御用取次を続けた小笠原若狭守のことを、野心なしとして松平定信はあっさり警戒すべき人物表から外していた。

「小笠原若狭守にこれ以上出世の目はない」

「……………」

独り言に近い松平定信のつぶやきを、能見石見守は流した。

年齢的にも功績的にも、小笠原若狭守は頭打ちである。これ以上の出世となると大名となって若年寄となるくらいしかない。しかし、三代にわたって御側御用取次の地位から動いていない。たしかに本丸、二の丸、西の丸、また本丸と所属は変わっているが、どちらにせよそれ以上出世の話が出ていないのは、政に加わるには能力が足りないと、将軍たちが判断してきた証拠であった。

「その小笠原若狭守と二人で御用の間に」

また松平定信が悩んだ。

「石見守、そなた御用の間についてなにか知っておるか」

「あいにく、存じませぬ」

能見石見守が首を横に振った。

「御用部屋は小姓番頭の管轄ではなかったか」

「表向きはそうなっておりまするが、先代家治公は田沼主殿頭さまを召し連れられ、我らにお供のご用命はなく、当代上様は小笠原若狭守さまだけを……」

残念そうに能見石見守が述べた。

「御用の間は四畳半ほどの小部屋であったな」

「さようでございまする」

「なかを調べられぬか」

「…………」

促された能見石見守が沈黙した。

御用の間は将軍の密談部屋である。そこを探れと言われたのだ。見つかれば言いわけはできず、そのまま職を解かれ、咎めを待つ身になる。

能見石見守が即断できなかったのも無理はなかった。

「石見守よ、そなた主殿頭のもとに通っておったの」

「……それはっ」

知られていることだが、あらためて新たな権力者から前権力者の側近だっただろうと言われるのは辛《つら》い。

「ああ、それを咎めるつもりはない」

「畏れ入りまする」

手を振って気にしていないと示した松平定信に、能見石見守が頭を垂れた。

「小姓番頭の次は、大坂町奉行あるいは京都町奉行か」

松平定信が能見石見守に笑いかけた。

「どうじゃ、余に従うか」

「何卒《なにとぞ》、よしなにお引き回しのほどをお願い申しあげまする」

こうなってしまえば、他に方法はない。能見石見守は松平定信の走狗《そうく》となることを承知した。

「されば、石見守」

「なんなりとお申し付けくださりませ」

声をかけた松平定信に能見石見守が平伏した。

「上様のことをよくよく見て、すべてを余に報せよ」

いる。


能見石見守が絶句した。

親子兄弟であろうともお休息の間であったことは他言しないという誓書を入れて
「…………」

「不服か」

松平定信の声音《こわね》が険しいものに変わった。

「い、いいえ。お言葉に従いまする」

断れば、それこそ吾が身が危ない。能見石見守が落ちた。

「よし。では、まず御用の間を探れ」

もう一度松平定信が命じた。

「承知いたしましてございまする」

ふたたび頭を床に押しつけた能見石見守が受けた。

「報告は城中ではするな。屋敷まで来るよう」

城中には他人目が多い。松平定信と小姓番頭が頻繁に会っていれば、いずれは他人目に留まる。家斉近くにいる小姓番頭が松平定信と密かに話をしている。誰もが松平定信が家斉を見張っていると考える。

「越中守さまは、小姓番頭を手の者に仕立てて、家斉さまの行動を把握し、いずれ掣《せい》肘《ちゅう》を加えるつもりに違いない」

数カ月も経たずに城中はその話題で染まる。

そうなれば小笠原若狭守の耳に入り、そこから家斉の知ることになる。

「思《おぼ》し召すことこれあり。能見石見守を役から外し、小普請組入りを命じる」

都合の悪いときに使う思し召すことこれありという、機嫌次第で役人を辞めさせる方法が家斉には使える。他にもお気に入らぬことこれあり、ご気色《きしょく》に障りあるをもってなど、過去理由を明らかにせず、辞めさせられた役人は何人もいる。

「気を付けねば」

「越中守さまに近づくのは、よほど注意をせねば」

一罰百戒、能見石見守を厳しく咎めれば、他の役人への警告にはなる。

さすがに家斉の気に入らぬだけで老中を辞めさせるわけにはいかないが、城中での味方や配下を得ようと考えている松平定信にとっても痛手になる。

「用人には申しておく」

留守中でも用人に話をしておけと松平定信が言った。

「はっ」

能見石見守が畏まった。

三

山里曲輪伊賀者の甲田葉太夫は、頭の制止に納得していなかった。

「役目であろうが」

甲田葉太夫が四谷の組屋敷へ戻りながら、吐き捨てた。

「ご老中さまでさえ通さない山里曲輪口を守る我らが、目付ごときに遠慮せねばならぬなど……」

不満を甲田葉太夫は漏らし続けた。

「そのような弱気だからこそ、伊賀者は低く見られるのだ」

甲田葉太夫の不平はそこに根があった。

伊賀組はかつて一つであった。それが待遇に不満を持った者たちによる叛乱に繫がった。将軍家のお膝元で伊賀者と旗本の戦いが繰り広げられた。伊賀者はその技を駆使して鎮圧軍を翻弄《ほんろう》したが、多勢に無勢のうえ、場所が伊賀者の得意な山間《やまあい》ではなく、繁華な城下というのもあり、叛乱は押さえこまれた。その結果、伊賀者からまとまりを奪うため、幕府は伊賀組を四つに分割した。

御広敷伊賀者、明屋敷《あきやしき》伊賀者、小普請伊賀者、そして甲田葉太夫の属する山里伊賀者である。

御広敷伊賀者は、江戸城表御殿の警固と隠密を担当、明屋敷伊賀者はその名前のとおり空き屋敷の管理を、小普請伊賀者は江戸城の小さな修繕をおこなう。

仕事柄、明屋敷伊賀者、小普請伊賀者は、忍の技が不要である。また役目が役目だけにとても手柄を立てることはできない。転任もないとなれば、厳しい修行に耐えるだけの意味はなくなる。

今や戦国の夜を支配したと言われる伊賀者の技は、御広敷伊賀者と山里伊賀者だけに伝えられていた。

「伊賀者の使い方はこうではない」

江戸城の退き口を守るということは、いざというとき将軍を警固しながら、甲府城まで撤退するということでもある。

もちろん、将軍の脱出となればそれなりの供も付くだろう。老中、若年寄、小姓番、小納戸、書院番など数百は固い。

だが、そのていどなどものの数ではないのだ。

将軍が抜け道を使うとき、すでに江戸城は包囲されて落城寸前、敵軍は溢れている。そんななかを数百やそこらで無事に逃げ出せるはずはない。

だからといって、兵を集めると目立つ。

「我ら伊賀者だけに任せばいいのだが」

伊賀者ならば、他人目をごまかすくらいは容易である。また、数も少ないほど目立ちにくい。

しかし、それが不可能だと甲田葉太夫はわかっていた。

「ご老中たちがかならず将軍にくっついてくる」

将軍の側にいれば、生き残る可能性は高くなる。さらに戦後、将軍から離れなかったという功績も得られる。人というのは危ないとき、近くにいてくれた者を大事にする。

「さらに世子さまや御台所さまの面倒もある」

将軍がきっぱりと係累を捨て、まずは吾が身と思ってくれればいいが、それほどの判断を下すのは難しい。

「山里曲輪を大事だと思うのならば、伊賀者をもっと配してもらわねばならぬ」

九人ではとても手が回らない。毎日勤務があるため、十分な鍛錬の暇さえないのが現状であった。

「待遇を含めて、どうにかしてもらうには手柄が要る」

何一つ誇るものなく、要求だけ出したところで無視されるのが関の山である。

「目付の頭を押さえたいとお考えの方は多いはず」

秋霜烈日《しゅうそうれつじつ》で知られる目付の厳格さは、他の役人からみるとうるさい。老中でさえ監察できるという権は、強すぎると思われてもいる。

「黒鍬者……か」

甲田葉太夫が足を止めた。

「とっかかりは、それしかないな」

決断した甲田葉太夫は、黒鍬者の組屋敷のある千駄ヶ谷へと向かった。

黒鍬者三番組鈴川は、同じ組の仲間を長屋へ招いていた。

「なにもないが、くつろいでくれ」

黒鍬者の禄では茶を買うことはできなかったし、茶を飲んでいるなどとと知られれば、分不相応として咎めを受ける。

なにせ大目付に名を問われて、姓名を口にした黒鍬者が即座に放逐《ほうちく》されたくらいである。黒鍬者でも譜代ならばまだしも、新参組は冬でも水を呑んでいると差別されていた。

「どうした、武次郎《たけじろう》」

目つきの悪い鈴川に、若い黒鍬者の一人が問うた。

「一組、二組の横暴について、どう思う」

鈴川が同僚に訊いた。

「腹立たしいとは思っておる」

「同じ黒鍬者でありながら、我らを新参と見下すのは気に入らぬ」

「むかつくが、仕方なかろう」

同僚たちの返答はまちまちであった。

「ならば不満はないのか。三郎兵衛《さぶろうべえ》」

鈴川が最初に声をかけた同僚に問いかけた。

「このようなものであろう、黒鍬者は」

三郎兵衛と呼ばれた若い黒鍬者が首を横に振った。

「このままずっと三番組でいいのか。三番組は馬糞摑みと呼ばれているくらいわかっていよう」

「…………」

鈴川の言葉に三郎兵衛が黙った。

黒鍬者の仕事はいくつかある。そのうち上級とされるのが、行列の整理、そして大奥への水運びであり、下級とされるのが辻の穴塞ぎ、御成道の清掃であった。なかでも御成道の清掃は誰もが嫌がった。

御成道とは、将軍が寛永寺や増上寺に参詣に出向くときに使われる順路のことをいい、絶えず美しく整えられていなければならなかった。そこで黒鍬者は朝、御成道を歩き、捨てられているごみを拾う。そのときに道具を使うことは許されておらず、素手でごみを処理するのだが、馬糞や犬の糞も同様に手づかみしなければならないのだ。

将軍が御成になるならば当然のことだが、最近では代参を立てることが多く、将軍は江戸城からほとんどでない。

それでも清掃は毎日命じられる。

これがほとんど新参者に命じられる。

「たしかに譜代と比べれば、信用は薄い」

大奥へ水を運ぶ。これは御台所が使われる風呂の水になる。もし、この水に毒でも入れられれば、御台所の命に関わってくる。当然、信用できる譜代の黒鍬者にこの任は預けられる。

「それでも努力次第ではないか」

三郎兵衛が鈴川を見た。

「大名行列を差配する役は、譜代、新参の差はなくなりつつある」

「むっ」

言われて鈴川が詰まった。

混雑する大名行列を差配するのは難しい。誰が一番最初に辻に近づいたかで決めればいいというものではないからだ。

大名には、家格、役付、本家分家、先祖の因縁などいろいろな要因があり、一概に扱えなかった。

石高でいけば、加賀藩前田家が頂点になるが、御三家よりは下になる。彦根井伊藩《ひこねいい》は三十万石で譜代最高ではあるが、五万石の老中には勝てない。

酒井の本家は徳川四天王の筆頭で十万石をこえ、老中を輩出しているが、無役の場合若年寄をしている分家に遠慮する。

こういったややこしい関係を覚えておかなければならないし、役付きになると今までのものは役に立たない。それらを理解してようやく辻の差配はできる。

ようするに家柄とかだけの馬鹿には務まらないのが、差配役であった。

「それは確かだが、それでも譜代にはあがれぬ」

新参は永遠に新参のまま。これも一代抱え席という世襲ができない新参の現況であった。

一応、職務の任がややこしいため、まったくの新参はいない。親の隠居前に子供が見習いに出て、隠居に合わせて家督を継ぐ。形としては、一代抱えの親が隠居し、空いた席に新参者が入る。ただ、その新参が偶然前任者の息子だったということである。

それを繰り返す。幕府は前例を大事にする。前例を守っていれば、失敗はないし、しくじったところで、責任は前例を作った者に転嫁できた。

前例に従えば無事にすむ。

それが鈴川たち新参黒鍬者の家督相続を許していると同時に、それ以上の出世を阻《はば》んでいた。

「…………」

三郎兵衛が黙った。

譜代と一代抱えの間には大きな谷がある。

一組、二組の譜代は、三組、四組の新参を同僚とは見ていない。事実、譜代へ嫁ぐ新参の娘はいても、新参へ嫁ぐ譜代の娘はほとんどいなかった。

譜代の娘は譜代同士、もし美貌であれば、それ以上の小人目付、あるいは牢屋見廻り同心、闕所物奉行などのもとへ嫁に行く。

「あらためて訊く。このままでよいのか」

「いいわけはない」

黙った三郎兵衛の代わりに別の黒鍬者が苦い顔で言った。

「馬糞を手づかみするのはいい。それも黒鍬者の仕事だからな。だが、それを譜代の者どもに嗤《わら》われるのは腹立たしい」

もう一人の黒鍬者も同意した。

「善吉《ぜんきち》、卯《う》の佐《すけ》もこう言っておるぞ、三郎兵衛」

「……思わぬことがないわけではない」

ようやく三郎兵衛も本音を口にした。

「よし、よし」

鈴川がうれしそうに何度もうなずいた。

「ところで、どういうことだ。我らを集めて、不満を口にさせて」

善吉と言われた黒鍬者が尋ねた。

「我らを売りこみたい」

「売りこむ……誰に」

「お目付さまか」

善吉と三郎兵衛が戸惑った。

「お目付さまは駄目だ。我らのことなど犬以下だとしか思っておらぬ。我らが手柄を立てたところで、それはすべてお目付さまのものになり、我らにまで恵みは回ってこぬ」

「たしかにな。お目付は吾が出世しか考えておらぬ」

卯の佐も鈴川に同調して吐き捨てた。

「それはわかるが……お目付さまでなければ、誰に」

三郎兵衛が首をかしげた。

「いいか、声をあげるなよ」

鈴川が釘を刺した。

黒鍬者の長屋は壁を隣家と共有しているうえ、薄い。少し気にして耳をそばだてれば、隣の話し声は聞こえた。

「わかった」

「おいおい、覚悟が要るような相手か」

「聞くだけでも聞こう」

三人の同僚が口々に応じた。

「覚悟はいいな」

もう一度念を押した鈴川が、三人の顔を順に見わたした。

「ずいぶん、もったいぶるな」

三郎兵衛があきれた。

「我らが頼るのは……田沼主殿頭さまだ」

「えっ」

「なにをっ」

「それは」

覚悟をしていたはずの三人が驚愕の声をあげた。

「声を出すなと言うたであろうが」

鈴川が三人を抑えにかかった。

「すまぬ。だが、驚いて当然だぞ」

善吉が詫びながら文句を言った。

「主殿頭さまといえば、先日蟄居《ちっきょ》を仰せつけられ、すべての役職を取りあげられたばかりではないか」

「傷心でやつれ果てているとも聞いた」

卯の佐と三郎兵衛が合わせたように首を横に振った。

「本当にそうだと思うか。あの田沼さまぞ。天下を恣《ほしいまま》にされ、そのご威光は公方さまに優るとまで言われたお方がだ」

「しかし、田沼さまの後ろ盾であった先の公方さまは亡くなられたのだ。もう、田沼さまを庇護してくださるお方はおられぬ」

三郎兵衛が、鈴川に反論した。

「庇護……御上の役人すべてを差配した田沼さまに、庇護は要るか」

「なにを言う……」

善吉が震え始めた。

「今の御老中方を見ろ。反旗を翻した松平越中守さまを含めて、全員田沼さまの引きで御用部屋に入ったお方ばかりじゃ。御老中さまでもそうなのだぞ。御側用人、勘定奉行、町奉行、遠国奉行など、皆田沼さまに金を献じて、その地位を買われた方ばかり。そのお歴々が、田沼さまにいきなり背を向けられるか」

「向けるだろう。向けねば、己が越中守さまから睨まれる」

鈴川の話に、卯の佐が言い返した。

「弱みを握られているのにか」

「なんのことだ」

卯の佐が戸惑った。

「田沼さまの引きで役に就いた者は、皆、金を出している。つまりは官を買ったわけだ。それを田沼さまは知っている。滅ぶなら諸共《もろとも》にと田沼さまが思われたらどうなる」

「…………」

「まさか」

「むうう」

三人が顔色を変えた。

「だ、だが、田沼さまが黒鍬者などを相手にしてくださるか」

ようやく見つけた逃げ道だとばかりに、三郎兵衛が口にした。

「だからこそよ。今まで行列をなした人が来なくなった。世の薄情さを知られた今こそ、田沼さまにお味方する者は貴重であろう。それがたとえものの数たらぬ黒鍬者だとしても」

にやりと鈴川が口の端を吊りあげた。

四

千駄ヶ谷の組屋敷に着いた甲田葉太夫は、表から名乗って入ることをしなかった。

「証拠を残してどうする」

名乗れば、甲田葉太夫が黒鍬者のもとへ来たと知る者が出てくる。頭から、手出し無用と言われているのに逆らうのは、下役としていい方法ではなかった。

「…………」

伊賀者の衣装は、裏返せば柿渋染めの忍装束になる。衣装を替え、懐から出した布で顔を隠した甲田葉太夫は黒鍬者たちの組屋敷へと忍びこんだ。

「お貸しいただきありがとうございました」

大伍は黒鍬者のお仕着せを佐久良の父森藤に返した。

「これは損料でござる」

手にしていた一升徳利を差し出した。

「一日の損料には高価に過ぎるが、大好物でござる。遠慮なくいただこう。梶江《かじえ》、射貫さまより酒をいただいた。早速出してくれ」

「これはありがとうございまする」

台所にいた佐久良の母が徳利を受け取って、頭を下げた。

「佐久良、用意を手伝いなされ」

「はい」

梶江に言われた佐久良が、台所土間へと下りた。

「あなたさま、これでしばらくしのいでくださいますよう」

梶江が漬物を入れた大鉢を出した。

「恥ずかしいことじゃが……」

「お互い、内証はわかっておりまする」

質素を恥じ入る森藤に、大伍が苦笑した。

「助かる」

森藤が漬物に手を伸ばした。

「……うん、うまい。さすがは梶江さまのお手製」

続けて漬物を口にした大伍が、大仰に褒めた。

「うれしいことを言ってくださいまする」

梶江が微笑んだ。

「お酒をどうぞ」

佐久良が燗《かん》を付けた酒を大伍に差し出した。

「いや、これは御礼でござる。拙者より、まずは父御さまへ」

「心づかぬことを」

一礼して佐久良が、徳利を父へと向けた。

「いや、かたじけなし」

黒鍬者の俸禄では、正月か祝い事でもなければ口にすることはできない。

にこにこと笑いながら、森藤が酒を含んだ。

「……ああ、うまいなあ」

しみじみと森藤が感激した。

「いい酒じゃ」

「ちと手元に金が入りましたので」

佐久良へ盃《さかずき》を出しながら、大伍が言った。

今日、大伍は当座の金として家斉の御手元金から二両もらっている。

「近いうちに小人目付の任を解き、小普請組へ転じる。ああ、心配するな。すぐに家禄はあげてくれる。どれくらいにすればよいかの、若狭。二百石もくれてやればよいか」

「余り目立つのはよろしくございませぬ。とりあえずは五十俵二人扶持くらいがよろしいかと」

小笠原若狭守が、家斉の褒美を大幅に減じた。それでも今の五倍近い。

「ただ、それではとても探索の費用は出ませぬので、御手元金を下しおかれれば」

そう続けてくれたおかげで、大伍は二両の金を得た。さすがに灘《なだ》の上酒とはいかないが、庶民が飲んでいるものより少し良いものを土産にするくらいはなんでもなかった。

「麦飯でございますが」

大伍の酌に付き切っている佐久良は使いものにならないと、梶江が夕餉の膳を出した。

「いや、これは申しわけなし」

夕飯まで馳走《ちそう》になるつもりはなかったが、出されたものを放って帰るわけにもいかない。礼を言って大伍は箸を持った。

江戸の庶民は見栄を張る。どれほど貧しい所帯でも、米だけは白米を喰う。おかずがなくて塩だけでも麦飯ではなく、白米を選ぶ。

しかし、黒鍬者、小人では白米を喰うのは難しい。よくて五分づきの玄米、普通は麦が半分近く入った麦飯であった。

「菜は根深《ねぶか》しかございませぬ」

佐久良がすまなそうに言った。

「いや、馳走でござる」

すでに大伍の両親はこの世にいなかった。また、独り者であったため、長屋へ戻ったところで食いものはない。

ないわけではないが、今朝炊いた麦飯の冷や飯と醤油を薄めただけに等しい実のない汁しかなかった。

庶民より貧しい黒鍬者だが、幕臣である。男女が共に食事の膳を囲むことはなかった。

「うん、うまい」

根深を軽く炙《あぶ》ってから炊いたものを、大伍は喜んで食べた。

「お代わりはいかがでございましょう」

「いや、帰って残っている麦飯を片付けねばならぬ」

食いものが残っていることを理由に、大伍は代わりを断った。予定外の大伍が代わりをすれば、その分を梶江か佐久良が我慢することになる。

「では、お白湯《さゆ》を」

佐久良もその辺はわかっている。付き合いは長いのだ。

「いやあ、うまい酒であった。梶江、残りを仕舞っておいてくれ。一日で呑んでしまうにはもったいない」

惜しそうに、森藤が盃を置いた。

「……………」

その様子に大伍が緊張した。

「大伍さま」

すっと佐久良が大伍に寄り添った。

「気を張りすぎでございまする。それでは気付かれまする」

睦言《むつごと》を囁《ささや》くように耳元で佐久良が大伍に注意をした。

「親の前で娘に無体《むたい》を働くおつもりか」

森藤が笑いながら大伍を諌めた。

「いや、勘弁してくれ」

笑いながら大伍が佐久良をそっと引き離した。

「独り者だからといってだな」

説教の続きのような顔をしながら、森藤が侵入者は一人だと教えた。

「いや、まったく」

大伍もわかっているとうなずいた。

「さて、ではそろそろお暇《いとま》を」

目配せをして大伍が立ちあがった。

「お刀を」

佐久良が大刀を捧げるようにして差し出した。

「すまぬ。では、また」

「いつでもお見えくだされ。それまでこの酒は残っておりませぬがの。佐久良、お見送りをな」

笑いながら森藤が座ったままで頭を下げ、さりげなく箸を右手に握りこんだ。


甲田葉太夫は組長屋の天井裏に忍びこんでいた。

「……貧しいな」

上から覗いた甲田葉太夫が、黒鍬者の貧相な膳に思わず呟いていた。

「我らよりも貧しいとは」

伊賀者の禄も三十俵二人扶持前後である。一年になおして十二両になるかならずでしかなく、ちょっと腕の立つ職人なら三カ月かからずに稼ぎ出す。

その伊賀者よりも貧しい黒鍬者の生活に、甲田葉太夫が憐憫《れんびん》を覚えた。

「……酒の匂い。それも安酒ではない。ちょっとした銘酒の薫り」

犬並みとまではいかないが、伊賀者の嗅覚は鋭い。また、よい酒ほど香る。大伍の気遣いが裏目に出た。

「あちらか」

甲田葉太夫が天井裏を地の上のように動いた。それを森藤と大伍に感じ取られてしまった。

黒鍬者の天井板は、組屋敷ができてから一度も葺《ふ》き替えられてはいなかった。さすがに雨漏りがすれば、住人が適当な板を打ち付けたりするが、そうでなければ放置されている。それこそ覗くのに困らないひびや割れには困らなかった。

「あやつっ」

甲田葉太夫は大伍の顔を覚えていた。

「やはり小人目付か。目付め、山里に目を付けたな」

大伍と森藤、佐久良の会話で、その職を当てることは容易であった。そして小人目付は目付の命に従う。

「帰るな」

大伍が太刀を佐久良から受け取って、長屋から出た。

「あやつを仕留めれば、目付への警告になる。そして、その功をもって吾は伊賀者頭になるのだ」

甲田葉太夫が天井裏を駆け抜けて、組屋敷の外へと出た。組屋敷のなかでの争闘は、物音を聞きつけた邪魔が入りやすい。忍びこんだ側の甲田葉太夫にとって、ここは敵地であった。

すでに日は暮れている。千駄ヶ谷にも灯《ひ》の明かりはあるとはいえ、闇が勝っている。そして闇こそ、伊賀者のふるさとであった。

「……………」

甲田葉太夫は組屋敷の隣、大名家の下屋敷の塀の上に身を伏せた。

「お見送りかたじけなし」

佐久良に送られた大伍が組屋敷の門から出てきた。

小人目付もそうだが、目付の任にある者は、門限に囚《とら》われることなく、どこの屋敷でも出入りできる。

「いえ。本日は結構なお土産をありがとうございました」

佐久良がていねいに腰を折った。

「またのお見えをお待ちしておりまする」

「ああ、また寄らせていただく」

手をあげて大伍が、佐久良に別れを告げた。

見送りとはいえ、すでに門限を過ぎている。すぐに佐久良は組屋敷へと姿を消した。

大伍も足早に組屋敷から離れた。

「…………」

大伍が目の前を通りすぎ、背を見せたところで甲田葉太夫が棒手裏剣《ぼうしゅりけん》を撃《う》った。

わかっていたように、大伍がその場で跳びあがって棒手裏剣をかわした。

「……ふん」

「足を傷つけ、こちらの動きを封じる。悪くはないが、読まれていては無駄な一手になったな」

大伍が振り向いて、甲田葉太夫を見て嗤《わら》った。

「気付いていたのか」

ばれてしまえば、潜む意味もない。甲田葉太夫が塀の上に立った。

「逆に問いたいわ。どうして気付かれぬと思った」

大伍があきれた。

「武士でさえない黒鍬者と他人のあら探ししかできぬ小人目付など、犬の鼻をごまかすよりも簡単だ」

甲田葉太夫がうそぶいた。

「その犬以下に見抜かれたお前はなんだ。虫か」

「……………」

嘲《わら》った大伍に、甲田葉太夫が憤怒《ふんぬ》を無言で見せつけた。

「黒鍬者の譜代は、戦国の技を受け継いでいる。金山を探すために山に入るのだ。熊や狼、蝮《まむし》の気配を感じられねば死ぬ。おまえの隠形《いんぎょう》など獣以下ぞ」

大伍が嗤いを顔に残したまま告げた。

「さて、問答無用で小人目付に襲いかかったのだ、無事で終われるとは思っておるまい」

身分は低くとも、小人目付は御家人の監察もする。もちろん、山里伊賀者も御家人の一人なので、対象であった。

「それがどうした。おまえこそ、身分を偽《いつわ》って通行禁止の山里曲輪を通ったのだ。罪はそちらにある」

「はて、そのようなことはしておらぬが」

大伍がわざとらしく首をかしげて見せた。

「吾が証人ぞ」

「愚か者め。闇討ちを仕掛けた伊賀者が、証人になれるわけなかろうが。私怨《しえん》としかとれぬ」

「…………」

「吾がおかしいと思えば、お目付さまに届出ればよかった」

「目付の指図であろう、そなたが山里曲輪に来たのは。それでは届出たところで、意味がない」

甲田葉太夫が反論した。

「目付の指示だと……違うなあ」

大伍がいっそう口の端を吊りあげた。

「なにっ」

「小人目付を動かせるのは、たしかに目付だけだ。なれど吾を一人の御家人だとすれば、どうなる」

「御家人だと考えれば……」

言われた甲田葉太夫が困惑した。

「上様のお指図には従うだろう」

「なにを言うか。上様がたかが小人目付ごときにご下命をくださるはずはない」

甲田葉太夫が強く否定した。

「そなたの守っている山里曲輪は退き口だという。では、そこまでどうやって上様はたどり着かれる」

「うっ」

大伍に問われて、甲田葉太夫が詰まった。

「それを調べよと命じられれば、逆からたどるしかあるまい。あきらかに出口だけはわかっているのだからな」

「山里曲輪までの経路ならば、いくらでもあろう。玄関から城の内曲輪を通るとか」

「上様がお逃げになる状況になっているのだぞ。城から出て、鉄炮あるいは弓で射られたらどうする」

「むうう」

否定された甲田葉太夫が詰まった。

「わかったか。吾は上様の脱出路を確かめる役目であったのよ」

「あったのだな」

甲田葉太夫が抜け道のことを大伍に確かめた。

「言えるわけなかろう」

大伍があきれて見せた。

なかったと断言しなかったということは、あると口にしたも同然である。

「話せ。どこに出た」

「……………」

甲田葉太夫の要求を大伍は無視した。

「我らは上様ご退城のおりにお供をするのが役目じゃ。抜け道のことを知っておくべきである」

名分はあると甲田葉太夫が述べた。

「少しは頭を使え。なぜ、上様は山里伊賀者ではなく、吾にお命じなられたのかを」

「我らが信用できぬと申すか」

大伍の言葉に甲田葉太夫が反発した。

「それは知らぬ。上様にお伺いすることだな」

「おのれはっ」

平然と拒否した大伍に甲田葉太夫が怒った。

「ならば吐かせてくれる。伊賀の責め問いに耐えられた者はおらぬ」

甲田葉太夫がふたたび手裏剣を飛ばしてきた。

「ふっ」

口元を緩めながら、大伍がすべてをかわした。

「殺すわけにはいかぬのだからな、急所は狙えぬ。そんな甘い考えの攻撃など当たるわけなし」

大伍が嘲弄《ちょうろう》した。

「おのれはっ」

手裏剣では埒《らち》が明かない。

甲田葉太夫が刀を抜いて、斬りかかってきた。

「おう」

大伍が応じた。すばやく太刀を抜くと甲田葉太夫の一撃を受け止めた。

「こやつっ」

手強《てごわ》いと感じた甲田葉太夫が目を大きくした。

大伍と甲田葉太夫の身の丈はよく似ている。どちらも五尺五寸（約百六十五センチメートル）ほどと、割に大柄であった。

「くうう」

「むぬう」

鍔迫《つばぜ》り合いに入った二人が太刀に体重をかけ、相手を圧しようとした。

「小人目付は両刀を佩《は》くが、剣術を知らぬ。なぜだかわかるか」

息がかかるほどの間合いで大伍が話した。

「知らぬわ」

「小人目付になるまで、両刀させぬからよ。太刀へのなじみがない」

大伍が語った。

「つまり、小人目付は太刀ではなく、脇差を使う小太刀が得手」

ぐっと大伍が甲田葉太夫を押し返すように力をこめた。

「くっ」

甲田葉太夫も負けじと力を出した。

「ふっ」

その瞬間、大伍は太刀から手を離した。そのまま大伍はしゃがみこんだ。

「えっ」

不意に支えを失ったような感覚に陥った甲田葉太夫が一瞬啞然とした。

力の入っていた甲田葉太夫の太刀は、大伍の背後、なにもないところを斬った。

「やっ」

しゃがんでいた大伍が脇差を抜き放って、甲田葉太夫の右脇腹を刎《は》ねた。

「なにがっ」

肝臓を割《さ》かれた甲田葉太夫が驚愕の顔を浮かべたまま、崩れ落ちた。

「……お見事」

いつの間にか森藤が出てきていた。

「相変わらず、気配の読めぬお方だ」

大伍が苦笑した。

「まだまだ若い者には負けぬよ」

森藤が胸を張った。

「後始末をお願いしても」

「そのつもりで出てきたのよ。任せてもらおう」

大伍の求めに、森藤が首肯した。

第五章　戦いの始まり

一

山里伊賀者は九人しかいない。

当然、家族親類のごとき付き合いをしている。

「葉太夫が帰って来ぬだと」

山里伊賀者組頭が、配下の恵藤の報告に眉をひそめた。

「盛《もり》を呼んで来い」

組頭が甲田葉太夫と当番を代わった盛を連れてこいと言った。

「なんじゃ、頭」

狭い組屋敷である。すぐに盛が顔を出した。

「おぬし葉太夫を見たか」

「甲田ならば、かなり前に戻っているはずでござる」

問われた盛が答えた。

「それが帰ってきていないというのだ」

頭が苦い顔をした。

「門番にも訊いた」

恵藤が述べた。

四谷にある伊賀者組屋敷に門番を雇うだけの余裕はない。伊賀者組屋敷の門番は、家督を継げない次男、三男の仕事であった。

「誰も甲田の姿を見てないと門番も申しておった」

「甲田は独り者だ。新宿あたりの岡場所にでも行っているのではないか」

盛がまだ慌てることではなかろうと言った。

「不満を女にぶつけておるか」

頭が納得した。

若い男が不満や欲望を解消するのは、女、酒、博打がその代表である。とくに女は安らぐ。酒は酔っている間は憂《う》さを忘れられるが、醒めたときに思いだしてしまう。博打は勝てば不満もなくせるが、負けたときには一層に鬱屈《うっくつ》は強くなる。その点、女はその柔肌《やわはだ》で男の怒りを受け止めてくれる。なにより発散できるのだ。欠点は金がかかることだ。妻がいるならいいが、独り身は金で妓をひととき買うことになる。だからといって夜鷹《よたか》や船饅頭《ふなまんじゅう》といった十六文とか六十文とかの最下級の遊女ですませるわけにはいかなかった。安いだけに数をこなさなければ、生きていけないのだ。

「いつまで乗ってるんだい」

夜鷹なんぞ、男が終わった瞬間に蹴り飛ばして身体の上から除《の》ける。余韻も何もあったものではなかった。

ふんどしも締めていない状態で蹴飛ばされては、不満は残る。そして夜鷹や船饅頭などという客のえり好みのできない遊女は病をもらいやすい。

いかに伊賀者同心という幕臣のなかでも低い身分とはいえ、病持ちになっては困る。となれば、少なくとも屋根のあるところでの遊びになる。もちろん、それだけの金はかかる。伊賀者の薄給ではそうそう岡場所にも通えなかった。

「泊まりは禁じられているが」

幕臣は日が落ちる前に屋敷あるいは長屋へ戻っていなければならなかった。とはいえ、世が泰平になるにつれて規範は緩くなり、門限などないに等しい。それでも日付をこえての泊まりはまずかった。

「夜が更《ふ》けるまで待つか。もし、帰ってきたら、刻限にかかわらず儂のところへ顔を出すようにと伝えてくれるよう」

山里伊賀者頭が、手を振って解散を告げた。

夜を徹して甲田葉太夫の帰りを待ったが、朝を迎えてしまった。

「帰ってきた気配はない」

甲田葉太夫の長屋を見てきた恵藤が、山里伊賀者頭の前で首を横に振った。

「門番も見ていないという。脇門、裏門の連中も知らぬと言った」

組屋敷には正門以外の出入り口もあった。そのどこも甲田葉太郎を確認していなかった。

「無断外泊は改易もあり得る重罪ぞ。それを山里伊賀者から出すなど……」

山里伊賀者頭が顔色をなくした。

組内から欠け落ち者を出す。これは組をまとめる頭にも累は及ぶ。

「葉太夫の長屋を検める」

書いたものでもあれば、甲田葉太郎の行方の手がかりになることもある。

「はい」

盛と恵藤の二人が同意した。

組長屋の構造はどことも同じである。さほどの広さもない。三人がかりとなれば、すぐに検めなど終わってしまう。

「頭」

盛が甲田葉太郎の衣類を広げていた。

「衣類の持ち出しはなしか」

着物を作るのは、よほどの大身か、裕福な商人だけで、伊賀者などの貧しい者は、古着を買ってきて仕立て直して使う。それだけに大切にしていた。

「欠け落ちするならば、着物は持ち出すか、もっとも高価なものを身につけていくのが普通じゃ」

頭が首をかしげた。

「お頭」

続いて恵藤が小さな皮の巾着を手にしていた。

「用心金だな」

すぐに頭は気づいた。

伊賀者はかつての謀反のことを忘れていなかった。

「ああ、御上には勝てぬ」

「組は分割されたが、伊賀者は滅ぼされなかった。御上のお情けに感謝せねば」

力の差を思い知らされたのだ。そうなるのが普通であったが、伊賀者は違った。

「恨《うら》み忘れまじ」

伊賀者は仲間を殺された恨みを決して忘れなかった。

食べていくにはとても田畑が足りない伊賀国では、山での生活で鍛えた身体と技を使って出稼ぎをするしかなかった。

金で雇われての忍仕事、それこそ命がけになる。無事に帰ってくるよりも帰ってこない者のほうが多い。

その命の代金で、国元に残った者たちは生き抜けた。その恩が伊賀者には染みついている。それが仲間を殺した者への復讐はかならず果たすという決まりになった。たしかに仕えていた徳川家へ謀反を起こした伊賀者が悪い。それでも二百人をこえた伊賀組が、百とそこそこまで減らされた事実は重い。

「いつか恨みを晴らすべし」

できるはずもない復讐を伊賀者は代々持ち続けてきた。その証が用心金であった。用心金は貧しい伊賀者が必死に節約を重ねて、親から子へ子から孫へと受け継いできたもので、幕府家人という身分を捨てるときに役立てようと貯めたものであった。

「開くぞ」

金のことだけに、一人で差配するのは疑いを生む。

頭は、盛と恵藤の見ている前で、革袋のなかから金を出した。

「……これは」

ほとんどが一分銀ではあったが、宝永通宝と呼ばれる十文も混じり、かなりの金額だと一目でわかるほど入っていた。

「一分銀が二十四枚、宝永通宝が四十一枚……六両と四百十文」

盛がさっと勘定した。

「逃げるならば、これを持っていくはず」

「あえて残したということは」

頭の言葉に恵藤が疑問を見せた。

「そのていど、儂が見抜けぬと思うか」

「いや」

言い出した恵藤が首を左右に振った。

「であろう。これで隠し武器が残っていれば、葉太夫は逃げたのではなく、帰って来られなくなっていると考えるべきだ」

頭が難しい顔をした。

「隠し武器ならば、先ほど確認した。居室の敷居に仕掛けがされており、なかに三尺（約九十センチメートル）ほどの手槍があった」

恵藤が告げた。

伊賀者の長屋はからくり屋敷になっている。障子を外して敷居に見せかけた蓋を外せば、手槍や直刀《ちょくとう》、手裏剣などが隠されていた。

そして隠されている武器こそ、その屋の主の得意なものであった。

「伊賀者を拐《かどわ》かす意味は」

頭が試すように盛と恵藤へと問うた。

「身代金目的ではない」

貧しい伊賀者を誘拐したところで、身代金はまず得られない。

「山里曲輪のことを訊き出す」

「今どきか」

恵藤の答えに頭があきれた。

どこの大名ももう幕府に取りこまれている。

最大の石高を誇る加賀の前田家は、三代利常《としつね》のときに二代将軍秀忠の娘を正室に迎え、二人の間にできた子供が跡を継いでいる。

毛利家も初代秀就《ひでなり》が秀忠の養女を妻とし、その子が代を重ねている。

そして徳川家最大の敵になる薩摩島津家は、十一代将軍として本丸に入った家斉の御台所を出した。

こうして徳川は外様大名に血を入れて、謀反を事前に防ぐ政策を採ってきた。

「山里曲輪のことを知りたがる者などもうおるまい」

「たしかに」

頭の言いぶんを恵藤も認めた。

「まちがえて掠《さら》ったということはございませぬか」

盛が尋ねた。

「誰とだ」

頭が首をかしげた。

「御広敷伊賀者とか」

「大奥か」

盛の推測に頭が考えた。

大奥は将軍の私であり、男は他にいなかった。

言うまでもなく、大奥には警固役の女武芸者が配置されているが、正式に修行を積んだ者は少ない。少し腕の立つ者ならば、十分に排除できた。

「上様を狙う……」

頭が悩んだ。

「まだ上様は将軍になられていない。今ならばどうにでもなる」

すでに朝廷へ家斉の将軍宣下をと願ってはいるが、空位となっている将軍の地位だと代わりになる者を押しこみやすい。

「上様は大奥へ通われ始めているという」

頭が苦い顔をした。

本来、前将軍の後始末が終わるまで、次の将軍は大奥へ足を踏み入れないのが慣例であった。

これは万一、前将軍のお手付だった女が妊娠していたとき面倒が起こるからであった。

大奥で生まれた子供は、すべて今の将軍の胤《たね》になった。

万が一、家治が手を付けていた女に家斉が手出しをし、その女が子を産んだ場合、どちらの子供かわからなくなるからだ。

もし、家治の胤で男子であれば、将軍直系となる。つまり、養子である家斉よりも将軍継承では上に来る。

もっともすでに家斉は世子として本丸にいるため、今さら生まれたての赤子にその座を譲ることはないが、家斉の次として西の丸に入る。

つまりは家斉の子供から、十二代将軍の資格は奪われる。

こういった面倒を防ぐために、前将軍の側室は出家し、お手付きの女中は妊娠しているかいないかの判別が付いた段階で身の振り方を決める。こうして、継承のもめごとをなくす。

この慣例を家斉は破った。

「なれど伊賀者は口を割らぬぞ」

忍は責め問いに慣れている。小さなころから苦痛に耐えるよう訓練されていた。

「探せ。葉太夫の跡を」

山里曲輪から四谷の伊賀者組屋敷までの行き帰り、その経路は決まっていた。

「はっ」

「承知」

盛と恵藤の二人が首肯した。

二

抜け穴への出入りは山里曲輪以外からもできた。抜け道の出口がどこかわからなかったため前回はもっとも近いと考えられた山里曲輪を使ったのだ。多少、抜け穴のある東屋までは回り道になるが、大伍は山里伊賀者と会わなくてもすむ。

大伍は気楽に抜け穴を利用し、家斉の指図を細かく聞いた。

「年齢は、余よりも歳上、歳下のどちらでもよい。ただし、元服前は禁止じゃ。家督を継ぐまで役目に付けにくい」

世継ぎの段階で、将軍に召し出された者はいた。田沼意次の嫡男山城守意知《やましろのかみおきとも》などがそうだ。田沼意知は父意次の引きを受けたというのもあるが、部屋住みの身分でありながら、若年寄の任に就いている。これは家治による田沼意次への寵愛があればこそであり、寵臣というほどの者を持っていない家斉には難しい。

「どうやって、上様はあの者の才を見抜かれたのか」

下手に嫡男を引っ張り出せば、この疑惑が出る。

そう目を付けられれば、引き立てた者の動きが悪くなってしまう。

「また隠居や隠居寸前、あるいは病弱というのも外せ」

次の条件を家斉が口にした。

隠居や隠居寸前の者はどれだけ優秀であろうとも、使える時期が短い。病弱はいうまでもない。

「わかりましてございまする」

家斉の下命となれば、大伍に拒否はできない。

「射貫」

続いて小笠原若狭守が大伍に顔を向けた。

「小人目付については、そなたが辞せ。こちらから目付に申しつけるのは、いささか不自然である」

「承知いたしました。ですが、そうなりまするとと住居が」

大伍が今の長屋は小人目付になってから与えられたものなので、明け渡さなければならないと述べた。

「なにかあるの」

「新しい屋敷はすでに手配してある」

「屋敷でございまするか」

小人、小人目付、どちらも組屋敷の長屋を宛《あて》がわれる。大伍は一軒家の屋敷をもらえるとは思っていなかった。

「組屋敷のなかでは、他人の出入りが当たり前すぎよう。調べあげたものを書付として上様へ差し出すのだぞ。それを誰に見られているかわからない組屋敷でするわけには参るまいが」

「それはかたじけのうございまする」

屋敷をもらえることに大伍は喜んだ。

「組屋敷の長屋を出されたなら、当家の坂口を訪ねよ」

「承知仕りましてございまする」

指図を受けた大伍が一礼した。

「射貫」

ふと思いついたように家斉が大伍の名前を呼んだ。

「ははっ」

一礼したまま、大伍が応じた。

「まずは側役を整えたい。御側御用取次と側役、あと小姓もそうじゃ。これらが余のために働いてくれねば、困る」

「では、上様。まずは千石以上の旗本からいたさせましょう」

側役、御側御用取次、小姓ともに高禄旗本から選ばれるのが通常である。

小笠原若狭守が補足した。

「任せる」

千石ていどの旗本について家斉はよくわかっていない。

小笠原若狭守の提案を家斉は受け入れた。

「抜かるでないぞ」

釘を刺して、家斉が御用の間を出ていった。

「射貫」

家斉を見送った小笠原若狭守が、ふたたび大伍を見た。

「御側御用取次さま、なにか」

まだ他に用があるのかと、大伍が怪訝な顔をした。

「急げよ」

「……………」

言われた意味が理解できず、大伍は戸惑った。

「わからぬのか。上様が求められる才ある人物をすぐにでも探し出せ」

「すぐに……無理を仰せられまする。わたくしも初めての任。どうすればよいのかさえわかっておりませぬ」

無茶なことを言わないでくれと大伍が首を横に振った。

「無理はわかっておるが、上様は焦《あせ》っておられる」

「上様がお焦り……」

小笠原若狭守の言葉に、大伍がより困惑した。

「今はまだ徳川宗家でしかないゆえご辛抱なされておられるが、将軍になられたときも状況が同じであれば……」

家斉のことを評するのは都合が悪いと、小笠原若狭守は最後まで言わなかった。

「ご不満が溢れられると」

「……………」

そういった気遣いを知らない大伍の発言を、小笠原若狭守は無言で肯定した。

「ですが、すべては公方さまのお考えで動きましょうに」

将軍になるまでは上様、なった後は公方と呼ぶのが決まりである。これくらいは徳川に仕える者ならば知っていて当然であった。

「やはり下人にはわからぬか」

大きく小笠原若狭守が嘆息した。

「政は公方さまお一人のお考えで動くものではない」

「ご親政というのは……」

八代将軍吉宗の政が親政だったというのは、有名な話であった。

「吉宗公のご政道は、儂が若いときのことであるゆえ、あまりよくは知らぬが、公方さまお一人ですべてをなされることは無理じゃ。一人でできるほど天下の政は甘くはない」

「はあ」

大伍はあいまいな返事をした。

「一人でなさることには限界がある。将軍ご親政も同じ。執政衆が立案した令や条を公方さまがどうなさるかじゃ。先代家治さまのような執政衆の言うとおりになされるのと、出された案の認否を公方さまがなされるのとは違うくらいは、わかるであろう」

「はい」

それくらいは大伍でも理解できた。

「吉宗公は、その諾否《だくひ》決断をお一人でなされた。ゆえにご親政と言われておる。しかし、これはなかなかできることではない。吉宗公がおできになられたのは、越前《えちぜん》葛《かずら》野《の》と紀州和歌山の藩政をなされたからじゃ。つまりは政の経験を積んでおられた」

小笠原若狭守が続けた。

「しかし、上様にはそれがない。何一つおわかりではない。吉宗公がご存じだった庶民の生活を見てさえおられぬ。そのような状況で、執政衆たちを納得させられるか」

「…………」

「米が一升いくらかというのはご存じなくともよい。ただ、いつもより高いか安いか、そしてその理由はなぜかはお知りいただかねばならぬ。だが、上様はお城からお出でになれぬ。公方さまになられるまで、御成すら遠慮いただかねばならぬのだ」

「上様に天下の実状をお知らせする者が要る……と」

大伍が問うた。

「うむ。上様が信じられる者。上様にご助言ができる者。執政衆と遣り合うだけの肚を持つ者。それらの一つでもできる者を探せ。もちろん、すべてが整っている者がいればなによりではあるが……な」

小笠原若狭守が告げた。

「難しゅうございまする」

大伍が任の重さに震えた。

「であろうな」

あっさりと大伍の意見を小笠原若狭守が認めた。

「では……」

一筋の光明を見つけたとばかりに大伍が顔をあげた。

「今まで申したのは……できればでいい」

「えっ」

一気に条件が緩んだことに大伍が驚いた。

「ただ絶対に欠けてはならぬ条件がある」

「それは……」

なにを言われるのかと大伍がふたたび緊張した。

「裏表がないことは確かめておけ」

「……裏表を」

大伍が息を呑んだ。

「そうだ。上様にお仕えする者は二心があってはならぬ。上様に忠義を尽くしている振りをしながら、執政どもと繋がっているなど論外。上様のお考えが前もって漏れることがあっては親政など夢のまた夢」

「まさに」

小笠原若狭守の言いたいことは、大伍にもすんなりと入った。

「能力なんぞ多少たらなくとも、学ばせればよい。儂が厳しく鍛えれば、上様の盾くらいにはなろう」

将軍三代にわたって側近くに仕えてきた小笠原若狭守の能力は衆に優れていた。その小笠原若狭守が教育するのだ、字の読み書きさえできればなんとかなる。

「わかったな」

「はっ」

小笠原若狭守の念押しに大伍が手を突いた。

ご下命の準備がある。大伍には御用の間を使用することが許されていた。

「高禄のお旗本……どなたからいくか」

大伍が悩んだ。

千石以上となると徳川でも名門になる。さすがに八万騎はいないだろうが一万をこえる旗本がいる。そのなかでも千石以上は少ないが、それでも数百人はいる。

「いろは順というわけにも……」

難しい顔で大伍が独りごちた。

「……足音。忍ぶような……若狭守さまではない」

家斉は一人で動くことはない。御用の間へ来るときはかならず小笠原若狭守を供に連れてくる。禁足とされている御用の間へ近づく者は他にいなかった。

「ふっ……」

表情を引き締めた大伍が、窓枠を利用して天井へと張り付いた。

「………」

ほんのわずか御用の間の板戸が開いた。

「誰もおらぬな」

隙間からなかを見て、他人がいないのを確認した小姓番頭能見石見守が板戸を引き開けて入ってきた。

「……御用の間を確認せよということだが」

能見石見守が部屋のなかを見回した。

人というのは、己の頭の上は見えないし、気にもしない。天井に蜘蛛のように張り付いている大伍には気付かなかった。

「書見台に書棚、硯箱《すずりばこ》に土瓶《どびん》と湯飲み……気になるものはない」

怪しげな書付だとか、鍵付きの手文庫など、気になるものは何一つなかった。

「書棚に置かれているのは……」

能見石見守が書棚に近づいた。

「………」

書棚には『土芥寇讎記』が鎮座している。なかを見れば、それが大名の性格を含めた詳細な調査結果だとすぐにわかる。そして、『土芥寇讎記』が五代将軍綱吉の命で編纂されたことも、記されている大名たちの名前から推察できた。なにせ綱吉が蛇蝎《だかつ》のように嫌った御三家水戸徳川権中納言光圀の項目など、悪口しかないのだ。

さすがに見過ごせないと大伍は、開け放たれている板戸からするりと外に出て、わざと大きな音を立て、すばやく身を隠した。

「……なんだっ」

『土芥寇讎記』の一巻に手を伸ばしかけていた能見石見守が跳びあがって驚いた。

「なにごとぞ」

音はお休息の間にも聞こえるほど大きい。異変を悟った小姓番がお休息の間から様子を見に出てきた。

「石見守さま、異変はどこに」

あわてて御用の間から飛び出した能見石見守に気付いた小姓番が呼びかけた。

「なにもなさそうじゃ」

能見石見守が素知らぬ顔をした。

「ですが、あの音は捨て置けませぬ。新番組を呼んで参りまする」

「そういたせ」

止めることはできなかった。将軍近くでの異変を放ったらかしにするようでは、小姓番頭など務まるはずもない。

「はっ」

急いで小姓番が新番組詰め所へと向かった。

「誰が……」

能見石見守は周囲に目を走らせたが、やはり頭上の天井に張り付いている大伍には気付くことはできなかった。

「ここまで……か。また日をあらためるしかない」

能見石見守が本来の居場所であるお休息の間次の間へと戻った。

「なにがしたかったのか。まあ、それは若狭守さまにお任せするとしよう」

新番組が来てはややこしくなる。

大伍は駆けつけてくる足跡を遠くに聞きながら、抜け穴へと身を入れた。

三

鈴川は仲間を残し、一人で田沼意次に目通りするために屋敷のある木挽町《こびきちょう》へと向かっていた。

つい先日まで呉服橋御門内に上屋敷を与えられていた田沼意次だったが、家治の死で失脚するとともに取りあげられ、下屋敷へと居所を変えていた。

もっともこれは田沼意次だけの咎めかというとそうではなかった。呉服橋門内の田沼家上屋敷もその前は老中秋元但馬守涼朝《あきもとたじまのかみすけとも》が拝領していたが老中を辞職した後、屋敷を取りあげられ、その後に田沼意次が入っている。

つまりは、曲輪内の屋敷は幕府重職のためのものであり、その職を離れれば取りあげられるのが通例であった。

とはいえ、屋敷替えはその権力の失墜を示している。

「静かなものだ」

木挽町の田沼屋敷に着いた鈴川が、閑散とした様子に嘆息した。

つい先日まで老中格として権勢を誇った田沼意次のもとには、出世を望む役人、利権を求める商人が、その面識を得ようとして行列をなしていた。

それこそ屋敷の待ち座敷では入りきらず、外に溢れた行列は呉服橋御門をこえて場外まで続いていたほどであった。

それが今では一人もいない。

「人の心の移ろいか。ちょうどいい」

鈴川がほくそ笑んだ。

先日までなら、黒鍬者など門前払いされていた。それどころか行列に並ぶこともできなかった。

「ご無礼を申しあげまする」

きっちりと閉められている表門、その横の潜《くぐ》り戸を鈴川が叩いて訪《おと》ないを入れた。

「どなたか。当家は理由あって世間をはばかっておりますれば、ご遠慮いただきたく存じまする」

なかから拒否の声が返ってきた。

「それを承知で参じましてございまする」

「お名前を」

わかっていて来たと言った鈴川に、門番が誰何《すいか》した。

「黒鍬者三番組武次郎《たけじろう》にございまする」

「……黒鍬の。伺って参りまする。しばしお待ちを」

怪訝そうにしながらも、門番は奥へと報《しら》せに行った。

「黒鍬者……はて。何用か」

用人の三浦庄司《みうらしょうじ》が首をかしげた。

「殿にお報せする前に、儂が用件を問おう。うかつな者を殿に会わせては、ご苦労を増やすことになる」

三浦庄司が門まで出てきた。

「当家の用人でござる。武次郎どのと言われたお方か」

潜り戸の覗き窓を通じて、三浦庄司が鈴川に問うた。

「さようでございまする」

「御用をお伺いいたしましょう」

うなずいた鈴川に三浦庄司がていねいに問うた。

三浦庄司は備後の国の百姓の出であった。職を求めて江戸へ来たところを急激な出世で家臣を募集していた田沼家に雇われた。百姓の出ながら文字の読み書きができたことで、武士身分に引きあげられ、そこでも才を発揮し、ついには用人にまで出世した。田沼意次お気に入りの一人であった。

「では、お耳を拝借仕ります る」

周囲には聞かせられないと鈴川が述べた。

「では、なかへ」

三浦庄司がすっと気配を変えた。

「ご無礼を」

開けられた潜り戸から鈴川が門のなかへ進んだ。

「では……」

鈴川が黒鍬者が御味方をするということを語った。

「ほう」

目を細くして三浦庄司が唸った。

「供待ちで待たれよ」

三浦庄司が田沼家の用人としての威厳を見せた。

「殿に伺って参る」

鈴川に供待ちという土間しかない部屋での待機を指示して、三浦庄司が屋敷のなかへと入っていった。

下屋敷に逼塞といいながらも田沼家の調度は豪華であった。上屋敷のものはなにもかも接収されたが、いかに恨みを抱えている松平定信でも下屋敷にまでは手を出さなかった。

こういった咎めは、やり過ぎると人が離れていく。

「己の恨みを表に出すとは」

「武士の情けを知らぬ」

面と向かって言う根性のある者はいないが、それも松平定信に勢いがある間でしかない。権力の頂点を突き詰めてしまえば、後は下るしかないのだ。今の田沼意次は明日の松平定信であった。

「見逃してやる」

松平定信としては田沼意次をもとの六百石まで引きずり下ろしたいところだが、寛容さを見せるのも施政者としての姿勢であった。

「殿」

金象嵌《きんぞうがん》の灯籠籠《とうろうかご》、狩野《かのう》派の絵で埋め尽くされた襖、これだけで一財産という調度が並べられている廊下を進んだ三浦庄司が、御座の間前で膝を突いた。

「庄司か。開けよ」

田沼意次が許可を出した。

「いかがいたした」

脇息にもたれかかっていた田沼意次が、そのままの姿勢で訊いた。

「殿……」

三浦庄司が駆け寄ろうとした。

「心配するな。まだ死ぬわけではない」

田沼意次が手を出して三浦庄司を押さえた。

「ですが……」

「寿命は誰にもある。やることが終われば、人は死ぬ。それが近いだけよ。もっとも最後の仕事を果たすまでは、意地でも死なぬ」

納得していない三浦庄司に、目を光らせて田沼意次が宣した。

「どうぞ、どうぞ、ご無理はなさいませぬよう」

三浦庄司が気遣った。

「すまぬの。ところでどういたした」

用件を田沼意次が促した。

「はい。先ほど黒鍬者が訪れて参りまして」

「黒鍬者が……珍しいの」

田沼意次が黒鍬者と聞いて首をかしげた。

「なにをしに来た」

「殿にお目通りをと申しておりましたので、用件を伺いましたところ、殿の御味方を仕ると」

「ほう、余の味方をいたすか」

田沼意次の目が少し大きくなった。

「おもしろいではないか。凋落《ちょうらく》した田沼に味方をしようとは。暇つぶしにはちょうどよいの。話を聞いてやろう」

「よろしいのでございまするか」

楽しそうになった田沼意次に、三浦庄司が心配した。

「どのように味方するのかを聞くだけでも楽しかろう」

田沼意次が鈴川を呼べと指示した。

「ああ、その前に脇息を片付けておけ。弱っている身を見せると気が変わりかねぬ。権を持つ者は力強くあらねばならぬ」

疲れきった様子であった田沼意次の背筋が伸びた。

「はっ」

辛《つら》そうな顔で三浦庄司が動いた。


供待ちというのは、客の供をしてきた中間、小者が主の用が終わるまで待つところである。大きさは屋敷によって違うが、御殿の玄関を入ったすぐか、その手前に造られている土間部屋で、座る場所も壁に作り付けられている木の板しかない。室内には火鉢が一つ置かれており、薬缶《やかん》が乗せられている。なかにはたばこ盆を出してくれるところもある。

「さすがは、主殿頭さまのお屋敷。結構な煙草だ」

鈴川は田沼家の煙草を吸った感想を漏らした。

「おるか」

「へい」

声をかけられた鈴川が、あわてて煙草を消した。

「殿が会ってつかわすとのご諚である」

「ありがとうございまする」

三浦庄司の態度が変わったことのわけを鈴川は悟っていた。利害関係が成り立った証拠であった。

「こちらへ参れ」

「御庭先でなくともよろしいので」

黒鍬者の身分では玄関を通るどころか、屋敷へあがることさえ遠慮しなければならない。

「殿のお許しじゃ」

三浦庄司がそう言うとさっさと案内のために歩き出した。

「おっと」

置いて行かれたら困ると、鈴川が後に続いた。

「控えよ」

「へい」

御座の前で三浦庄司が、鈴川に命じた。

鈴川が廊下で平伏した。

「殿、召し連れましてございまする」

「開けよ」

片膝突いた三浦庄司の報告に田沼意次が応じた。

「そこでは遠い。近《ちこ》う寄れ」

平伏している鈴川を田沼意次が招いた。

「…………」

「お言葉じゃ」

ちらと見上げた鈴川に、三浦庄司が首肯した。

「お召しにより、御側へ」

鈴川が膝で座敷へと入った。

「もう少しこっちにこい。年寄りに大声を出さすな。疲れるわ」

田沼意次が笑いながら、手にしていた扇で鈴川を呼んだ。

「畏れ入りまする」

思い切って鈴川が田沼意次の一間（約一・八メートル）ほどまで近づいた。

「うむ。どれ、顔を見せよ」

高貴な人の顔を直視するのは無礼になると目を伏せていた鈴川に、田沼意次が言った。

「失礼をお許しくださいますよう」

鈴川も田沼意次の顔を見たいと思っていた。許可が出たと鈴川が顔をあげた。

「ほう、いい面《つら》をしておる」

田沼意次が鈴川の顔を見つめて告げた。

「………」

一方の鈴川は、田沼意次に圧せられて声が出せなかった。

「どうした。余に味方してくれるのじゃろう」

田沼意次がからかった。

「おいっ」

後ろに付いていた三浦庄司が鈴川を急《せ》かした。

「……………」

それでも鈴川は何も言えなかった。権力の座から滑り落ちたとはいえ、十何年も天下を左右してきた田沼意次の気迫は、鈴川の経験したことのないものであった。

「名を言え」

三浦庄司が鈴川の口を開かせようと、背中を押した。

「へ、へいっ」

それでようやく鈴川の声が出た。

「黒鍬者三番組武次郎と申しまする」

「名字を申してよいぞ」

田沼意次が鈴川の姓を訊いた。

「かたじけなし。鈴川武次郎にございまする」

黒鍬者に姓名を名乗らせるというのは、一人前として見てくれるという意味である。

鈴川が喜んだ。

「鈴川か。覚えたぞ」

「ははっ」

田沼意次に言われた鈴川が平伏した。

「で、何用かの」

「はい。黒鍬者の役目について、ご存じでおられましょうか」

「詳しいとは言わぬが、少しは存じておる」

問うた鈴川に田沼意次が答えた。

「黒鍬者は、江戸の道を差配し、大奥へ水を入れ、御上のお荷物を運びまする」

「うむ。余の知っているとおりじゃの」

田沼意次がうなずいた。

「御上の雑用を承っておりまする黒鍬者には、二つございまする」

「二つ……どういうことだ」

話を継いだ鈴川に田沼意次が首をかしげた。

「譜代と一代抱えでございまする」

「なるほど、そなたは一代抱えじゃな」

田沼意次が言い当てた。

「おわかりに」

「なるなあ。譜代ならば不満があっても誇りでごまかせる。一代抱えという不安定な身分で、譜代どもから軽く扱われる。そうでもなければ落ちた田沼にすがっては来まい。一生を賭けた博打であろう」

「…………」

すべてを見抜かれた鈴川が絶句した。

「さて、そなたが余に差し出せるものはなんだ」

田沼意次の目が光った。

「……ごくっ」

鈴川が思わず息を呑んだ。

「申すがよい」

「へ、へい」

もう一度言われた鈴川が首を縦に振った。

「数日前、小人目付が黒鍬者組屋敷に参りました」

「小人目付が……なにをしに」

「昔なじみの譜代の黒鍬者のもとへ、我らのお仕着せを借りに来たようでございまする」

佐久良に惚れている鈴川は、暇があれば森藤の長屋を見張っていた。

「お仕着せを……なんに使う」

「そこまではわかりませぬが、その日の夜には返したようで」

「一日だけか」

田沼意次が扇を手で玩《もてあそ》びつつ考えこんだ。

「……ふむ」

しばらく考えた田沼意次が扇を置いた。

「黒鍬者でなければ、出入りできぬところはあるか」

「それでございましたならば、大奥かと」

訊かれた鈴川が答えた。

「大奥へ黒鍬者は水を入れると申したな。あれは一人でできることか」

「とんでもございませぬ。わたくしどもが大奥へ水を入れるのは、御台所さまがお風呂として使われるお水でございまして、手代わりも入れて十人ほどでいたしまする」

一代抱えにまず回ってこない仕事だが、内容くらいは知っている。

「十人か。それならば紛れこむというわけにはいかぬの」

「もちろんでございまする。黒鍬者は四組、四百人近くの者がおりまするが、知らぬ顔などございませぬ」

「四百もいたのか」

数の多さに田沼意次が驚いた。

「それでは、仕事などまずなかろう」

「いえ、荷運びが増えましして」

「荷運びか。どのようなものを運ぶ」

田沼意次が尋ねた。

「大奥女中さまの出入りに伴う調度の運搬、空き屋敷になりましたところの荷物、城中の傷んだお道具出し、御用達商人の納品物なども扱いまする。他にご依頼があらば、寛永寺さま、増上寺さまなどのお荷物も」

「なるほど。それは手が要る。しかし、それも紛れるわけにはいかぬな」

少しずれかけた話を田沼意次が戻した。

「一人でも黒鍬者でなければならぬことはないか」

「……一人でも」

田沼意次の出した要件に当たる役目を鈴川が思い出そうとした。

「……黒鍬者だけが出入りできるわけではございませぬが……小人目付では都合の悪いところがございまする」

「ところ……場所か。どこだ」

田沼意次が身を乗り出した。

「山里曲輪」

「退き口か。あそこはたしか……山里伊賀者の担当であったな」

「さようでございまする」

呟くような田沼意次の言葉に三浦庄司が反応した。

「ふむ。少し山里伊賀者から話を聞きたいの。庄司、なんとかできるか」

「そのくらいのことならば、まだどうにかなりまする」

三浦庄司が引き受けた。

「鈴川、おもしろいことを持ちこんでくれた。礼を言うぞ。無聊《ぶりょう》の慰みにはなろう。そなたの希望、受け入れてやろう」

「ではっ」

鈴川が喜色を浮かべた。

「うむ。余がふたたび返り咲いたとき、そなたらを旗本にしてくれよう」

「お旗本に……かたじけのうございまする」

「楽しみにしておけ」

盛大に平伏している鈴川を田沼意次は氷のような目で見下ろした。

四

小人目付の辞任など、誰も気に留めなかった。

「体調が思わしくなく、御用を無事お勤めできかねますゆえ、職を辞させていただきたく」

「さようか。在任中に知り得たことは、決して他言いたすな」

当番目付は大伍の名前を書付に記しただけで終わらせた。

「慰留も身体を愛《いとお》しめという慰めもなしか」

下城しながら大伍が嘆息した。

あらためて大伍は、小人という身分の辛さを知った。

「さて、この判断が吉と出るか、凶と出るか」

小人目付を長く努めると闕所物奉行や牢屋見廻り同心、町奉行所同心添役などへ出世できた。どれも端役中の端役ではあるが、御家人身分であった。身分は一度上がると、咎めでも受けない限り代々受け継いでいける。大伍はそこで終わっても、息子はそこから始められる。運がよければ、二代、三代後には目見え以上になれるかも知れなかった。

しかし、大伍は平穏を捨てた。

将軍と御側御用取次という幕府の中枢に雇われるというのは、たしかに出世には近いだろうが、任の性格上、秘事に近づくことになる。

「知ってはならぬことを」

こう言われて、闇から闇へ葬り去られる可能性もある。

いや、その前に任として大名の領国へ入りこみ、その内情を調べるなど敵対行為でしかない。大名にとって幕府は恐怖でしかないのだ。

「領内の仕置き不十分なり」

「政をするに足りぬ」

過去、隠密に入りこまれて実情を知られ、その結果潰された、あるいは僻地《へきち》へ移された大名はいくらもある。

また、隠密は幕府にとってもつごうの悪い者である。表だっての調べならば堂々としていればいいが、裏からとなると幕府側にも弱みがあると言っているのも同じである。まともな調べでは届かないところを探るために、隠密を出した。ようは隠密は幕府の保証がないに等しい。

当然、大名は隠密を見つけ次第始末にかかる。

実際のところ、隠密御用で出ていった伊賀者、庭番、小人目付で戻ってこなかった者はいる。

大伍は今以上の危険を覚悟で役を受けた。

もっとも御側御用取次の小笠原若狭守に目を付けられた段階で、断ることはできなかった。

「知りながら拒むなど論外である」

小笠原若狭守に手討ちにされても大伍の身分ではなにも言えなかった。

「よしっ」

ここまで来てしまえば、肚を据えるしかない。

大伍は小笠原若狭守の屋敷へと急いだ。

小笠原若狭守の屋敷で坂口一平が待っていた。

「参りましょうか」

屋敷へ入ることなく、坂口一平に大伍は連れ出された。

「新しい屋敷へ参るのでございますな」

「さようでござる」

大伍の確認に坂口一平がうなずいた。

「忘れぬうちに」

歩きながら、大伍は能見石見守の行動を坂口一平に告げた。

「小姓組頭が、御用の間のなかを探っていた……」

坂口一平が苦く顔をゆがめた。

「主に伝えまする」

「頼みまする」

大伍が能見石見守のことを預けた。

「……さて、こちらでござる」

かなり歩いたところで坂口一平が足を止めた。

「深川伊勢崎町《いせざきちょう》一丁目、周囲は同心たちの屋敷が集まってござる。そのなかでも広めの一軒」

「これが、わたくしの」

長屋ではなく一軒家である。大伍が感激した。

「前の住人は、伊豆下田《しもだ》奉行所の同心として江戸を離れました。知ってのとおり、遠国勤務は任地に住まいが用意されており、調度品なども少ないながら準備されております る。身一つで引っ越しができますゆえ、江戸屋敷の調度もそのほとんどを残して参りますれば、夜具や茶碗など個別使いのものだけご用意を」

「それはありがたし」

新しい家をもらえるのはいいが、箪笥《たんす》や竈《かまど》をしつらえるのは金がかかった。その負担が軽減された。

「では、拙者はここで。明日夕刻七つ（午後四時ごろ）屋敷へ主をお訪ねくださいますよう」

小笠原若狭守の伝言を残して、坂口一平が去っていった。

「伊勢崎ならば、前の組屋敷にも近い」

初めての吾が城に、大伍は気を躍らせながら屋敷へ入った。

「……汚れておるなあ」

つい先日前の住人が引っ越したように坂口一平は言っていたが、廊下は足跡が付くほど埃《ほこり》が溜まっていた。

「森藤に引っ越しの挨拶をせねばならぬ。ついでに佐久良の手伝いを頼むとするしかないな」

大伍がため息と共に呟いた。

三浦庄司は自らの足で四谷の伊賀者組屋敷を訪れた。

「黒瀬《くろせ》どのに」

門番に山里伊賀者頭の名前を告げながら、小粒金を一つ門番に握らせた。

「しばし待たれよ」

小粒金は大きさによって価値は違う。今、三浦庄司から渡された小粒金は大きく、銭にして二百五十文ほどあった。

門番が喜んで山里伊賀者頭のもとへと向かった。

四谷の伊賀者組屋敷は忍者の集まりという特異な環境であることもあり、他者の侵入を認めていなかった。

三浦庄司は門前でじっと山里伊賀者頭を待った。

「どなたかの」

いつの間にか三浦庄司の背後に山里伊賀者頭が立っていた。

「……おうっ。驚かせんでくれ」

振り向いた三浦庄司が驚き、苦情を言った。

「三浦どのではないか」

顔を見て山里伊賀者頭が目を大きくした。

「少し話せるか。黒瀬どの」

「よろしいのでござるか」

誘った三浦庄司に、黒瀬と呼ばれた山里伊賀者頭が気にした。

「誰も儂の顔なんぞ覚えておらぬさ」

三浦庄司が手を振った。

「こちらへ」

黒瀬に案内されて三浦庄司は伊賀者組屋敷からかなり離れたところまで移動させられた。

「唇の動きで話を読む者もおりますゆえ」

かなり歩かせたことを黒瀬が申しわけなさそうに告げた。

「いや、そのほうが助かる」

三浦庄司が同意した。

「しかし、ご無沙汰をいたしております。お変わりもなくとは申せませぬが」

「仕方あるまい。越中守さまの世になったのだからな」

黒瀬の挨拶というか久闊《きゅうかつ》に、三浦庄司が苦笑した。

「先代公方さまが将軍となられたとき、一度だけ山里曲輪へお出ましになられたおりにご挨拶をいただきました」

江戸城の退き口とはいえ、それを使う将軍が知らなければ戸惑う。代々の将軍はときの側用人、もしくは御側御用取次を一人だけ連れて抜け道を通り、山里曲輪へ出る。一種の訓練であるが、江戸城が落ちたときとの前提があるため、縁起が悪いと一度限りのものとなっている。

「当家の主《あるじ》主殿頭が、お供をいたしたからな」

その話を田沼意次から聞かされた三浦庄司はまだ用人にはなっていなかったが、かえってそのほうが大事にならずにすむと、四谷の伊賀者組屋敷へ遣わされ、黒瀬に万事よろしくと挨拶の金を渡した。

「あのときの気遣い、助かりましてございまする」

貧しい伊賀者にとって、臨時収入、それも現金はありがたい。

「いや、役に立ったのであれば、殿も喜ばれましょう」

三浦庄司が手を振った。

「ところで、本日は」

多少の懐かしさはあっても、それを楽しみに来たとは思えない。

黒瀬が問うた。

「早速でござるが、数日ほど前に黒鍬者が一人山里曲輪を通りませなんだか」

「通ったと聞いておりまする。それがなにか」

甲田葉太夫のことなど表情に出さず、黒瀬が首をかしげた。

「黒鍬者から報せがあって、どうやらそやつは偽黒鍬者だったらしい」

「それはっ」

山里曲輪を守る者としては聞き捨てできないはなしであった。

「なにやつが……」

黒瀬が手を握りしめた。

「まことかどうかはわからぬが、黒鍬者の言うには小人目付だと」

「小人目付……それでかっ」

「思い当たる節がござるようじゃな」

用人として田沼意次の権、そのおこぼれに与《あずか》ろうとした連中を相手にしてきた三浦庄司は、黒瀬の様子からすぐに感じ取った。

「…………」

黒瀬が黙った。

「のう、黒瀬どのよ。このまま我が主がおとなしく去られると思われるか」

「……なるほど」

三浦庄司の発言に黒瀬が反応した。

「一度、主のもとへお出でくだされ。きっとお力になりましょうほどに」

「お言葉かたじけなく」

黒瀬が一礼した。

返答をあいまいにしたまま、組屋敷へ帰った黒瀬は、盛、恵藤ら配下の山里伊賀者を集めた。

「葉太夫の顛末《てんまつ》がおおよそ知れた。おそらく葉太夫は小人目付に殺されたと考えられる」

「小人目付……なぜ」

盛が首をかしげた。

「それは……」

黒瀬が三浦庄司から聞いた話をした。

「なぜ小人目付が黒鍬者に化けたのだ」

恵藤が疑問を口にした。

「そんなことはどうでもいい。我らが問題とすべきは、葉太夫を小人目付が殺したということだ。違うか」

理由を求めた恵藤を黒瀬が制した。

「そうだの」

盛が首肯した。

「恵藤、そなたは小人目付を探し出せ。そして張り付け。どのていど武が使え、得物《えもの》はなにを利用するか」

「承知」

「一々言わぬでよいだろうが、勝手な手出しは許さぬ」

先走るなと黒瀬が恵藤に釘を刺した。

「……わかった」

不満げながらも恵藤は首を縦に振った。

「これも言うまでもないことだが、小人目付の周囲も確認しておけ。親は居るか、妻はどうだ、子供は何人か。いざというとき道具として使えるようにの」

「抜かりはせぬ」

黒瀬と恵藤が下卑た笑いを浮かべた。

「よし、いつでも出られるよう、得物の手入れを怠るな」

「おう」

頭の鼓舞に、一同が気合いを発した。


引っ越しをした大伍は、森藤の長屋へその報告をしていた。

「御小人目付を辞したというに、屋敷を与えられた」

森藤が疑いの目を大伍に向けた。

「詳細は申せませぬが、新たなお役を命じられまして」

すまなそうに大伍がごまかした。

「お役目か……ならば仕方ございませぬな」

「水くさい」

父は納得して引いたが、佐久良は頰を膨らませてすねた。

「これ、お役目じゃ。話せぬことも多いわ」

「ですけれども……大伍さまとは十五年をこえるお付き合い。家族も同然だと思っておりましたのに」

「すまぬ。いずれ、話せるときもあろう」

大伍は頭を下げた。

「お餅十個で許してあげる」

「これっ」

条件を持ちだした佐久良に、森藤が注意した。

「それくらいですむなら、用意いたしましょう」

小人目付も黒鍬者も正月の雑煮でしか、餅を口にできない。餅は白米よりも高い餅米を蒸して作るだけに、十俵二人扶持や二十俵一人扶持くらいではそうそう買えなかった。

まだ二両の支度金は残っている。いかに餅が高価だとはいえ、十個くらいならばたいしたことではなかった。

「ついでに小豆《あずき》も二升付けよう」

「小豆を二升……」

佐久良が唖然とした。

「あん餅にするなり、ぜんざいにするなり、使えるだろう」

「うん」

甘いものなど一年に何回食べられるかという暮らしにとって、小豆二升は望外であった。

「おいおい、そんな散財をよいのか」

森藤が気にした。

「その代わり、屋敷の掃除を手伝ってもらおうかと」

「掃除で小豆二升もらえるなら、やる」

佐久良が大声で応じた。

「まったく、そなたも嫁に行こうかという歳ごろだぞ。食い気ばかりでどうする」

父親が娘をたしなめた。

「もらい手がなければ、大伍さまのところへ押しかけるから」

「……まさか、大伍どの。娘に手を」

「とんでもないことを」

娘の一言で睨みつけてくる森藤に、大伍が慌てた。

「では、明後日に」

大伍が席を立った。

「見送りを」

佐久良が立とうとした。

「そなたはここにおれ」

森藤が娘を押さえ、大伍を連れて長屋を出た。

「……あれは投げこみ寺へ捨てた」

組屋敷を出たところで森藤が小声で告げた。

「ご苦労をおかけしました」

大伍が礼を述べた。

投げこみ寺とは、吉原の忘八《ぼうはち》と呼ばれる男衆や遊女、身寄りのない流れ人などが死んだときに葬られるところである。死人の身ぐるみを剝《は》いでから、墓穴代わりの大穴へ放りこみ、上から土をかける。よほどのことがなければ人は近づかない。まず甲田葉太夫が見つかることはなかった。

「いや、両刀なぞ売れそうなものはもらったから気にされるな」

森藤がいい儲けになったと笑った。

「伊賀者はしつこい。気を付けられよ」

勘のいい森藤は、甲田葉太夫との戦いが大伍の新しい任にかかわっていると読み取っていた。

「はい」

大伍は素直にうなずいた。

翌日、小笠原若狭守に呼び出された大伍は、初任についての指図を受けた。

「小姓番頭という上様最後の盾が、裏切っている」

「やはり、御用の間に小姓番頭が入ったのは、上様のご諚ではなかった」

大伍が表情を引き締めた。

「うむ。だが、これでいよいよ差し迫った。上様に忠誠を捧げねばならぬ小姓番があれでは、安心できぬ。まずは上様の周囲を固めねばならぬ」

「はい」

いつ背中から刺されるかわからない状況がまずいのは、大伍でなくてもわかる。

「射貫大伍」

小笠原若狭守が威厳のある声を出した。

「急ぎ小姓、小納戸を探れ」

「承知」

大伍が了承した。

あとがき

ご無沙汰をいたしております。
『禁裏付雅帳』の最終巻から、一年が経《た》ちました。
この一年、いろいろなことがありました。新型コロナウイルス感染症にかんしては
いまだに続いておりますが、一年延長された東京オリンピックは無観客という異例の
開催ながら無事終わり、日本人の活躍が勇気を与えてくれました。
こうして思い出してみると、一年はあっという間でした。
ですが、貴重な時間をいただけたと思っております。
書き下ろし文庫作家というのは、あるていどの数を書かなければやっていけません。
デビューして二十五年、書き下ろし文庫作家として二十一年、読者さまの応援のお陰
でやってこれました。

ですが、どうしても本の題材となる知識は使い減りしてしまい、ストックが乏《とぼ》しくなってしまいました。そこでもう一度資料を読みこんで、ストックを増やそうと考え、一年のお休みを頂戴しました。

他にも昨今の歴史学者の先生方のご努力で、従来定説とされてきたものが否定され、新たな定説が次々に生まれてきております。

有名なところでは関ヶ原の合戦における小早川秀秋《こばやかわひであき》の裏切りの時期が、開戦と同時であったと変更されました。このお陰というか、せいで、歴史作家にとって一大イベントであった関ヶ原の合戦が二時間で終わってしまうことになってしまいました。とくに裏切るかどうか葛藤している小早川秀秋に苛立《いらだ》った徳川家康《とくがわいえやす》が鉄炮《てっぽう》を撃ちかけるという、世に言う問い鉄炮というエピソードがまったくの作り物だったとなりました。

つまりネタが一つ消えてしまったのです。

会ったこともない織田信長《おだのぶなが》の一生を横で見ていたようなまねをする作家といえども、虚偽を題材とするのは、不可能です。

これら定説の再考も学んでおかなければなりません。

偉そうなことを申しましたが、人間とは弱いものです。私などはその最たるもので、意志の弱さには自信があります。休みがあるとつい遊んでしまいます。さすがに一年を無為には過ごしませんでしたが、十分にストックできたとは思えません。

それでも少しは、おもしろい話を作るだけのものは得たつもりです。

さて、今回、皆様に披露いたしますのは、買いこんだまま積ん読になっていた『土《ど》芥寇讎記《かいこうしゅうき》』という資料からヒントを得ました。

『土芥寇讎記』は天下の諸侯二百六十余人のすべてについて、その出自、治世、性格、生活態度などについて調べたものです。署名も何もなされておらず作者未詳ですが、載せられている大名の名前から、五代将軍徳川綱吉《つなよし》のころに作成されたものと推定されております。形としては、最初に調べを担当した者の淡々とした事実羅列があり、その後に別の筆跡で人物評とおもわしきものが付記されております。その内容はなかなか辛辣《しんらつ》なものです。これ以上は物語のなかで使わせていただくつもりなので遠慮しますが、『土芥寇讎記』の復刻版が古本で流通しておりますので、ご興味のあるお方はそちらをご覧ください。楽しめることは保証します。

物語の舞台は、十代将軍家治《いえはる》の死後、十一代将軍となる家斉《いえなり》が西の丸から本丸へ移ったあたりです。まだ将軍宣下をすませていない家斉の悩みをどうにかしようと御側《おそば》御用取次《ごようとりつぎ》が動きます。その御側御用取次に、幕臣ともいえない低い身分の小人目付が目を付けられたことに始まります。

いつも以上に苦労させられることになる主人公に同情、共感していただければ幸いです。

今回もいろいろな人々に支えられて、一巻目が完成しました。感謝しております。そして、このシリーズが続けられるかどうかは、読者さまのご支援にかかっております。なにとぞ、よろしくお願いいたします。

令和四年三月、世界に春の訪れが近いと信じて

上田秀人　拝

追伸

このあとがきを書く直前、第七回吉川英治文庫賞を受賞いたしました。これはひとえに読者さまのお陰です。厚く御礼申しあげます。

この作品は徳間文庫のために書下されました。

徳間文庫

隠密鑑定秘録㈠

退《の》き口《ぐち》

2022年4月15日 初刷

著者 上《うえ》田《だ》秀《ひで》人《と》

発行者 小宮英行

発行所 株式会社 徳間書店

東京都品川区上大崎三－一－一 〒141－8202
目黒セントラルスクエア

電話 編集〇三(五四〇三)四三四九
販売〇四九(二九三)五五二一

振替 〇〇一四〇－〇－四四三九二

印刷
製本 大日本印刷株式会社

ISBN978-4-19-894731-6 (乱丁、落丁本はお取りかえいたします)

上田秀人「織江緋之介見参」シリーズ

第一巻 悲恋《ひれん》の太刀《たち》

天下の御免色里、江戸は吉原にふらりと現れた若侍。名は織江緋之介。剣の腕は別格。彼には驚きの過去が隠されていた。吉原の命運がその双肩にかかる。

第二巻 不忘《わすれじ》の太刀《たち》

名門譜代大名の堀田正信が幕府に上申書を提出した。内容は痛烈な幕政批判。将軍家綱が知れば厳罰は必定だ。正信の前途を危惧した光圀は織江緋之介に助力を頼む。

第三巻 孤影《こえい》の太刀《たち》

三年前、徳川光圀が懇意にする保科家の夕食会で起きた悲劇。その裏で何があったのか——。織江緋之介は光圀から探索を託される。

第四巻 散華《さんげ》の太刀《たち》

浅草に轟音が響きわたった。堀田家の煙硝蔵が爆発したのだ。織江緋之介のもとに現れた老中阿部忠秋の家中は意外な真相を明かす。

第五巻 果断《かだん》の太刀《たち》

徳川家に凶事をもたらす禁断の妖刀村正が相次いで盗まれた。何者かが村正を集めている。織江緋之介は徳川光圀の密命を帯びて真犯人を探る。

第六巻 震撼《しんかん》の太刀《たち》

妖刀村正をめぐる幕府領袖の熾烈な争奪戦に織江緋之介の許婚・真弓が巻き込まれた。緋之介は愛する者を、幕府を護れるか。

第七巻 終焉《しゅうえん》の太刀《たち》

将軍家綱は家光十三回忌のため日光に向かう。次期将軍をめぐる暗闘が激化する最中、危険な道中になるのは必至。織江緋之介の果てしなき死闘がはじまった。

上田秀人「お髷番承り候」シリーズ

一 潜謀《せんぼう》の影《かげ》

将軍の身体に刃物を当てるため、絶対的信頼が求められるお髷番。四代家綱はこの役にかつて寵愛した深室賢治郎を抜擢。同時に密命を託し、紀州藩主徳川頼宣の動向を探らせる。

二 奸闘《かんとう》の緒《ちょ》

「このままでは躬は大奥に殺されかねぬ」将軍継嗣をめぐる大奥の不穏な動きを察した家綱は賢治郎に実態把握の直命を下す。そこでは順性院と桂昌院の思惑が蠢いていた。

三 血族《けつぞく》の澱《おり》

将軍継嗣をめぐる弟たちの争いを憂慮した家綱は賢治郎を密使として差し向け、事態の収束を図る。しかし継承問題は血で血を洗う惨劇に発展——。江戸幕府の泰平が揺らぐ。

四 傾国《けいこく》の策《さく》

紀州藩主徳川頼宣が出府を願い出た。幕府に恨みを持つ大立者が沈黙を破ったのだ。家綱に危害が及ばぬよう賢治郎が目を光らせる。しかし頼宣の想像を絶する企みが待っていた。

五 寵臣《ちょうしん》の真《まこと》

賢治郎は家綱から目通りを禁じられる。浪人衆斬殺事件を報せなかったことが逆鱗に触れたのだ。事件には紀州藩主徳川頼宣の関与が。次期将軍をめぐる壮大な陰謀が口を開く。

六 鳴《めい》動《どう》の徴《しるし》

激しく火花を散らす、紀州徳川、甲府徳川、館林徳川の三家。甲府家は事態の混沌に乗じ、館林の黒鍬者の引き抜きを企てる。風雲急を告げる三つ巴の争い。賢治郎に秘命が下る。

七 流《る》動《どう》の渦《うず》

甲府藩主綱重の生母順性院に黒鍬衆が牙を剝いた。なぜ順性院は狙われたのか。家綱は賢治郎に全容解明を命じる。身命を賭して二重三重に張り巡らされた罠に挑むが——。

八 騒《そう》擾《じょう》の発《はつ》

家綱の御台所懐妊の噂が駆けめぐった。次期将軍の座を虎視眈々と狙う館林、甲府、紀州の三家は真偽を探るべく、賢治郎と接触。やがて御台所暗殺の姦計までもが持ち上がる。

九 登《とう》竜《りゅう》の標《しるべ》

御台所懐妊を確信した甲府藩家老新見正信は、大奥に刺客を送って害そうと画策。家綱の身にも危難が。事態を打破しようとする賢治郎だが、目付に用人殺害の疑いをかけられる。

十 君《くん》臣《しん》の想《そう》

賢治郎失墜を謀る異母兄松平主馬が冷酷無比な刺客を差し向けてきた。その魔手は許婚の三弥にも伸びる。絶体絶命の賢治郎。そのとき家綱がついに動いた。壮絶な死闘の行方は。

全十巻完結

徳間文庫　書下し時代小説　好評発売中

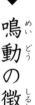

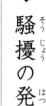